もくじ

＊

稲垣足穂　飛行機の黄昏

月と虫

私の家は少しく風変りな家庭であった。そして今日私はひとりぼっちである。これは一般的見地から考えたら、決してよい事ではない。然《しか》し私が格別に不良少年にもならなかったのは、生《うま》れ付《つき》私にあった芸術愛好癖の賜物《たまもの》であろう。これとて少しくエクセントリックのきらいがあるが、今日私が堕落《だらく》をせず、全くひとりぼっちであっても淋《さび》しくとも何ともないのは、やはり芸術が好きだからであろうと思っている。

こんなわけで、秋になると人々の口に出される果物や虫や花などについては私は余り関心を有《も》っていない。果物と虫とはハッキリ云《い》えば嫌いである。

けれども私は、あの暖い橙色《だいだいいろ》をして、それが次第に赤くなって来る柿はうつくしいと思う。あのがっちりした硬さは曲者《くせもの》である。あんな外観内容ともに充実した果物は、他には尠《すく》いのではなかろうか。あのチョコレート色をした栗と共に、まことに日本の果実であると私は推奨をする。

私はライオンの檻《おり》の中へならムッソリーニ(1)のように入ってみる自信は有っているが、虫にはへいいこうだ。これは毛虫のようなものでも、翅《はね》の生えたコオロギのようなものに対しても同じだ。所がこの頃、そんな虫共に対してそんなにでもない自分に気付いて意外に思っている。これは私がこの数年を全くひとりぼっちで、時には一冊の本もなくて暮していたせいかも知れない。私の居る所は明治の末に建った家だから、総体に黒ずんで傷《いた》んでいるが、だから夕方電燈をともしておくと、どことも判然としない隙間《すきま》から、いろんな虫が入って来る。近頃はそれが大そう小さいものに変った。そして私はいい声を出して歌う虫より、名も判らぬ芥子粒《けしつぶ》のような虫に大そう心を惹《ひ》かれ出している。私が若《も》し偉い学者であったら人々はきっと「それは哲人のよろこびだ」とでも云ってくれるだろう。そんなに細かな虫共を観察していると面白いし、より大きな虫には決して見出されない叡智《えいち》的なものが囁《ささや》かれるようだ。私はお伽噺《とぎばなし》でお馴染《なじみ》の豆仙女や妖精《ようせい》、即《すなわ》ちフェアリーとは、屹度《きっと》こんなちっちゃな先生から思付いた事ではないかと思ったが、先日ひらいた本にもそれに似た事が書いてあった。瑞西《スイス》の法律家カール・ヒルティ(2)は、すべて大きなものよりも小さなものに注意せよ、そこに君は如何《いか》にふかい愛と智慧《ちえ》の世界を示されるだろう。大きいものよりも小さなもの！　大きいものよりも小さなものを愛したまえ！　と説いている。

又、私の住家のまわりには屋守《やもり》が多い。ここへ引越した最初の夏、私は手の上に落ちて来た屋守にびっくりしたが、今年の夏、首すじに落ちて来た可成《かなり》大きい先生にも一向に平気な私を見出した。硝子戸《ガラスど》の向う側にくっついて、パクリパクリと時々蚊をたべている姿を見ると、何となごやかな面白い奴だろうと思う時がある。殊《こと》に八手《やつで》の実のような吸盤のついた脚を踏出してギクリシャクリと折れまがって進むさまは仲々愛嬌者《あいきょうもの》だと云わねばなるまい。窓の下の電燈の傘にそんな先生が、まるでそこで墨《すみ》でもって描いたもののようにくっついている。通りかかった若い婦人らしい下駄《げた》の音がしばし止《や》んで、言葉が発せられる。「まあ可愛いいわね」

この様に見てくると、神様のお創りになった世界で、気味のわるいもの、憎らしいものなんかは一つだってないのかも知れない。

この屋守も、もうそろそろ出なくなるし、微塵粉《みじんこ》のような虫共の来訪もめっきり減って来た。その代りにお月様がだんだんと位置を高めて磨かれて来る。この東向きに打ちひらけた廂《ひさし》のない窓から、お月様と対話を交すのが私の楽しみになる。

「春は花の力、夏は瓜の力、秋は果物の力、冬は火の力、そして月は常住です。ですから私は花月と云う名なのです」

謡曲に出て来る少年が⑶、清水寺の庭でこんな事を云うが、私には花も瓜も果も火も縁が遠い。然し、常住の月はある。私は少し西洋なみだから、此処《ここ》に星と月に関係のある童謡を附加《つけくわ》えておこう。H・K君と云う小学生の即興になるものである。

　星がツイと飛んだ
　それが絵を描いた
　絵の子供が歩き出した
　お月様にもおじぎした
　怖いお化《ばけ》にもおじぎした

どんなものにもおじぎした
そこで子供が消えちゃった
銀色のしずくになって落ちてった

（一九三九年　三九歳）

何故私は奴《やっこ》さんたちを好むか

どうしてそんなに星が好きなのだと私はよく人にきかれる。人は又私がいつも星を見ている人間のように思っているらしいけれども、或《ある》友人が云《い》ったように、星も仁丹の粒くらいになって、あたまのうしろに入っていてこそ望ましいことであるのかどうか、私は、ほんとうの星など今までにしみじみ見た事はない。星座についてもほとんど知らない。只《ただ》エディントン[1]の「星と原子」——これはこの間興味ふかくよんだ訳本だが、——こんなものなら時々よむ。しかしこれは、アルゴル[2]だのシリウス伴星[3]だのいう大仕掛な実験室からの、イオン[4]や自由電子[5]に関した報告なので、キラキラした六角形の先生にはあまり関係がない。そんなら、こんな天文学的意味ではないお星さまとは、一たい私にとってどんな意味のものか？　こうなると、それはおそらくこんな場合における他の何人もそのとおりであるように、私においても、星それ自身が目的ではなく、只何事かを表わすための道具に他ならぬということになるようだ。

　ほんとうの星ではないが、円いリングをつけた土星や、その他の星雲や星団やホーキ星(6)や、天文台の内部の写真などが、地球儀や活動写真に見る月世界旅行などと合わして、子供の私にどんな魅力を迫らせたかを私はよくおぼえている。それらは、その頃の私のまわりにあったもの、その後に経験され出した若葉や花や人などの、どんなものも及ばなかったところの一群であった。今だって私は云うことが出来る、あの学校の行きかえりにながめていたお菓子屋の壁にかかっていたフレンチメキスト(7)の広告、赤い円錐帽《えんすいぼう》をかむって、望遠鏡でもってお月さまをのぞいている天文学者の絵の思い出は、自分のまえにあるどんな事物をも一撃してしまうと。ものわかりのいい或先輩が私の作品の一つをよんだときに発した言葉にならって、そんな傾向をもってやみつきだとしてみよう。が、こんなやみつきは、私によると、私ひとりでなく、人間であるかぎりすべての人々が持っていなければならぬものだ——只そこにさけがたい誤差、即《すなわ》ち私だけにぞくする子供めいたグチだとか、未《いま》だ至らぬ云い表わし方だとかいうものさえ修正されるなら。天体写真や宇宙旅行の想像画に接するときの私たちが一様に受ける、あの自分の足場が取りはらわれてしまうような超絶的な感じは、私たち人類のみの持つことが出来るものではなかろうか。実際に私たちの智識《ちしき》とは星によって発達してきたものであることに考え及ぶなら、それはあたかも事物を関係的に取扱う仕事と同じように重大なものであり、それ故に私たち独特の感情であり、それさえ守っておれば、何の何事も忘れていいことを信じさせる種類でもある。

あえてカルデアの牧人(8)をもち出すまでもなく、私たちが自分というものに気付き出してから、何が最も存在らしいものかと云えば、それは、落ちもせずあんなところにひっかかっていろんな形をかえるお月さまと、針でつついた穴のようにたくさんピカピカしている星……ということになるのではなかろうか。お母さんの白い顔がある。けれどもこんなものを感じるのは何も私たちばかりとはきまらないし、従って私たちにして軽蔑しようと思えばされるものである。全く私たちはそのとおりになり、お父さんについては、仇《かたき》であり世界の最悪人だというような感じを抱くようになる——多少ともそんな形跡のない者があったら、それは、汽車やヒコーキではなくして動物とか人のかたちのオモチャを好むところの女の子か、それに類した自然的人間である。そこで木や山がある。これとてその木のところまで行けたり、嵐の日にそれが倒れたり、又山の上まで登れるということにおいて、すぐにそれらは尊敬を失い、私たち以下の存在になってしまう。ところが月や星になると、立派だ……ということはあいまいで、つまりそう手軽には行かない。奴さんたちのまえには、どんなものを持ち出しても不似合ということが起らない。「これぞまことの恋の道」と重り合って倒れた二人を見下しておっしゃった真夏の夜の夢のお月さまは、百姓の腕からぶら下っていた。そのかわり、又こんなお月さまや星は、私たちの試みるどんなものにもへき易《えき》せず従って影響されない。恐竜のシッポのところにひっかかっていてもいいのだし、立体派のお化《ばけ》になった都会の上にばらまかれていても、一こうにおかまいなしだ。——尤《もっと》も、もうそろそろ威張っておられなくなるのかも知れない。そんな先生たちの身元調べなどはとっくに終えた私たちの代表者は、そんな光というもの重さというものの、おしなべて輻射《ふくしゃ》とやらいうことで片付けてしまおうとしているらしいからだ——が、今日はそこまでは深入しない。

天体の面白味の一つは、それらがまっくらな夜空に光っていることだ。それは云いかえて、すべて影によって浮き出しているものの代表だということになる。私たちの意識の背後には無意識が横たわっているなどいうケチな考えをとおりぬけて、意識とは、只利用されようとしている無意識そのものに他ならない、としてみると、前記の影によって浮き出すということは、そのまま事物を構成し且《か》つそれをハッキリさせようという私たちの仕事でないか。まことや、トーキー[9]の世界になったが——いやそのトーキーにおいても一等はじめに現われる、あのタイトルという黒地にならんで明暗交錯する清麗な書体がもたらす未来的な感じは、もしそれが女と生活にぶっつかってはもどっている振子のような人でないなら、云わば素材のつぎはぎでしかない画面などのとても及ばぬものであることを知るはずである。片側やその他複雑な方向に影をもって浮き出した夜の世界の活々しさも今さらに持ち出す要がないとして、あのお天道《てんと》が今一つ気が利かないわけも、一つに、それが持つ青空という影のうすいことにあると私は考えている。そこでその青空をもってまっくろにぬりつぶしてごらん、お天道はたちまちダンディになってしまう。実際のお天道はプリズムのお化粧をしなくてもそのようなしゃれ者だ。それをヤボに見せるのはおひるである。おひるとは、これについてありがたがって歌をうたう人もあるが、じつは地球の上っ皮だけに仕組まれたペテンではないか。お弟子の月さえとっくの以前から、まっくらななかに銀色にかがやくジグザグのカラをつけているのに。

こんな月や星の効果は、又およそ世のセンチメンタルとは対蹠点《たいせきてん》にあるものだということも忘れてはならない。それは所謂《いわゆる》精神的にはむろん、精神的にそうだからまして物質的のいずれにおいても私たちをしばらないようなたぐいである。察するに赤ペンキの刷毛《はけ》を取るなどはおろか、スペクトラムを一足とびに、ミリカン氏(10)の宇宙線となって解放されたがっている手合かこんな意味の天体を理解しているのは、私たちのなかでも西洋人の方である。そこでは、あの歯をくいしばってうつろのまなこをした先生と同じく、お月さまはタバコをくわえている。そしてコミックとはもはや機械であることを考えると、ニキタ・バリエフ氏(11)の舞台や、暗箱や、臭素加里《カリ》(12)の匂いなどが、どこかお星さまと共通しているわけもわかってこよう。が、断っておきたいのは、なかにはガラスのようなものもあるという一事だ。ガラスはちょっと仲間のようだがどこか気にくわぬ。それは何故かと考えると、あいつが元々化合物ではなく、只硅酸《けいさん》(13)だの硼酸《ほうさん》(14)だのが、ソーダや加里や鉛《なまり》にとけあった液体のかたまったものにすぎぬことによるらしい。

こんなニセモノは時間を経るとバレる。

ここまで書いてきて気が付くと、そとはいつしかきれいな星の夜だ。おしゃべりもじつはそのせいかも知れない。そう云えば話のついでにつけ加えるが、あのドイツのバヴァリアというところは、お月さまや星に特別の縁がある土地のような気がする。西洋人における事物の取扱い方については今も述べたが、そのなかでも特に私の云う影をしっているのはドイツ人だ。ドイツにはあの黒がある。ウファ(15)の水銀ランプ(16)もそうであるが、全く彼らには夜の表現が独特だ。わたしたちの国には絵にしても夜のかける一人もいない。——そこでバヴァリアだが、ここには、およそ世界じゅうの子供たちにおなじみの月じるしの鉛筆会社がある。そのステッドレルペンシル(17)の広告に、よく杉の木や岩山や池や小舎《こや》から成立った、その土地だと思える風景画を見かけるが、このお伽《とぎ》めいたそして甘いところのない景色は、その上にかかっている月や星と全く調和している——ちょうど精巧な光学機械や時計に対するスイスのすきとおった景色のように。そして何か、そこへむかし星から落ちてきた人があってその子孫の住んでいるところでないかというようなことまで想像させる。だから、自殺統計においても、このバヴァリアでは芸術家という種類が最高位を占めているのか。そうかも知れない。「もうしもうしお月さま、この世に住《すま》う羽根なしにめぐみの種をまきたまえ」とラフォルグ(18)は云ったが、これは何も不景気や神経衰弱のせいではない。バヴァリアの人々は元々星と同じ要素から出来ていて、そこへ夜毎《よごと》の月の光がしみこんで、それでもってみんな、アルトラヴァイアリット(19)の振動からとびだす日を待ち切れなくなったのである。

（一九三〇年 三〇歳）

彗星一夕話《いっせきわ》

ウインネッケ彗星(1)は僕の記憶にして過《あやま》りがないならば、ポンス・ウインネッケというがほんとうである。今回のように略してはポンス彗星でもいいわけである。わがポンス君がこのまえに現われたのはたしか大正十年であった。やはり通過に当って流星群の雨下が観物《みもの》であろうとやかましく噂《うわさ》され、僕は少からぬ期待をもっていたにかかわらず、六月の夜の都会の空はどんよりと曇って、いたずらに晴間を待っていた僕に、ホーキ星からつたわってくる一種の電気によって或る人たちの頭脳に特異な幻覚を起させる……そういうお伽話《とぎばなし》のことを考えさせたにすぎなかった。その木星族のへんな奴が再びやってきた今日この頃、僕はもうお伽噺《とぎばなし》は考えなかったかわりに、わが芸術などという代物《しろもの》と同じく科学という手合も、さあとなって正面に向きなおってみると何か甚《はなは》だ頼りないものであるというようなことを考え、従ってやはり持ち出された流星群の雨下なるものにも信用をしなかった。ところがはからずもウィンネッケが地球のそばをとおった二十八日の夜である。僕は近くの原ッパで立小便をしていたが、そのときむこうの方に二十度ほどの高さのところにうすぼんやり光った卵形のものが出ていた。北の方なので月とは方角がちがう。へんなものなので何か見当がつかなかったが、それはそれだけにしてソバ屋でビールを飲んでいた。ところへちょうど芝居に出てくるソバ屋の小僧さんにちがいない――しかしほんとうにこのソバ屋の小僧さんである少年が、表から駆けこんで

「ホーキ星が出たよ！」と知らした。

さてはと僕と、一しょにいた友だちと、それから店のおやじも表へ出てみた。

なるほど、屋根ごしに示されたのはさきほどのやつである。うすい雲が空一めんをおおうていて、そこに二つ三つ星が霞《かす》んでいる。

「これでもう一つハッキリ致しましたら」

とソバ屋さんがかたわらから。

僕たちは二三分ながめてから元の座に帰ったが、表のさわぎはひどくなる。お菓子屋のおじ

さんがメガネをもち出したと知らせがくる。

「サーチライトじゃないかな」と僕は口に出した。

「いや、下からすじがついてないじゃないか」

と友だちの返事。

その次に僕たちが表へ出たとき、あちこちを探しまわっている人はあったが、さっきのうすぼやけた卵形はもう見えなかった。雲がはれて、星がきらめき出した。だんだん更《ふ》けてくる夜空をながめまわしても見えなかった。さっきあれくらいしか見なかったことが惜しまれる気もちであった。しかしその気もちのなかに、僕は、おそらくこのひろい都会じゅうでもそれに気付いたごく少数に加われた自分に対する得意をもっていた。それにはまたこの遊星上の一角から、宇宙に存在するそんなホーキ星と命名される或る物をながめたということからおのずから湧《わ》き出す、或る云いしれぬものもふくめていた。

次の二十九日の晩、田端《たばた》のくらい坂の上から室生《むろう》さん(2)と灯のついた街の上にもの狂わしくのしかかったかずかずの星座の方へ、順々に小手をかざしてみたが、ポンス氏はいなかった。

「今晩は十時すぎだそうです」

そう云ってキセル片手に持っているソバ屋のあるじを帰るときに見かけたが、やはりうすぼやけたものは現われなかった。

三十日の夜、しょっちゅうリーマン[3]とかミンコフスキイ[4]によるとどうとか云ってる人に会った。この人は僕と同じ二十八日の夜北方に親愛なるウインネッケ氏をみとめたと断言するのである。

これを書いているきょうからはゆうべに当る七月一日の夜、いつも世に常ならぬ事共ばかりを話して帰って行く窓からの訪問者を迎えた。

「ホーキ星見ましたか」

と彼は云った。

「見た」と答えた。

そして二十八日のことを云いかけた。

「この方向でしょう」と彼は云った。「あれサーチライトなのです」

「サーチライト！」やられたと思った。が、その先を云った「でも下にすじがついていなかったでしょう」

「みんな騒いでいましたが、僕は電信柱を標準にして長い間にらんでいたんです」

「長い間うごかなかったでしょう」

「ええそれがそのツーとうごいたのです。みんなヤツうごいたとおどろきましたが、そいつがずっとむこうの方でまた小さく止りました。――そのときななめに下にすじがついていました」

「なあーんだ、そうか。道理で新聞にも何も出なかったと思った」

「日本ではどこからも見えなかったそうです」

そんな時刻のそんな方向に向けられてうごかなかったサーチライトということを考えると、たとえそれが何かの必要であってもまた他の考えもふくまっていたように思えてならなかった。

「誰かいたずらをしたのかな」

「朝日新聞のてっぺんからでも向けていたのでないでしょうか」と彼が云った。「でもはじめは僕らもそんな急進党ではなかったのです。保守派だったんですよ、ホーキ星だホーキ星だと云い張っていたんだが」

　しかし彼が窓をぬけて植込のくらやみに消えてから、僕は二十八日の夜のいたずら者よりも、またその晩の議論に輪をかけたような地球上いろんな大仕掛な思惟《しい》(5)の立場をこしらえるほんとうの彗星製造者の事に思い及ぼし、木星と太陽をはさんで縦横無尽に引かれた楕円軌道《だえんきどう》のそれにもましてゴチャゴチャした人間おのおのの座標軸のかさなりということを考えると、何が何やらわからなくなってきた。

（一九二七年　二七歳）

緑色の円筒

ガス燈と倉庫とのあいだを抜けた私が、同時に、くるくるとレンガ塀《べい》のおもてを走った自分の影法師を見た時、シュッ！　と小さなほうきぼしが頭の上をかすめて、プラタナスの梢《こずえ》にひッかかったのです。オヤと思うまにそれは落ちて、歩道の上で紅《あか》い火花を飛ばせました。すかしてみると、緑色をした長さ二十センチたらずの筒で、白い煙がモクモクと立ち昇っています。そいつを路上にすりつけて揉《も》み消し、さて、ガス燈の下でかざしてみると、焦げたボール紙製の筒にA. C. C. FIREWORKS MFG Co. CHICAGOとよまれるのは、紛《まご》うかたもない、ロマンキャンドルと普通に呼ばれている鼠花火です。それにしてもどこからこんなものが飛んできたのだろう、と見廻《みまわ》してみましたが、ただ淋しいレンガ建の倉庫と、その上にチカチカしている星屑《ほしくず》ばかり……緑色の筒に注意すると、矢じるしがあって、そこに糸の端が出ています。糸をひっぱると、パクッとふたが取れて、中から飛び出したのがひと巻きのペーパーです。紙面いっぱいに詰ったタイプライターの初めを見て、パチクリとまぶたが動きました。

Dear Taruho

To-night we are very happy to tell you who are the fantastic story-wright of moon and stars about the most fascinating enterprise. At present, however, we are not willing to tell our story and how the Romancandle containing this letter was flying to you……

タルホ君――

吾々《われわれ》は今晩、月と星のファンタスティックなお話の作者であるところの君に、最も愉快な企《くわだ》てをお知らせしたいと思う者だ。その吾々というのが何者であり、この手紙を入れたロマンキャンドルがどうして君の許《もと》へ飛んで行ったかなどについては、いまは云いたくない。それから、或《ある》いはまずく、きれぎれに語られるかも知れないこの用件が、君のイマジネーションによって適宜におぎなわれることをも希望する。実際、事柄は君がそれにたいして下すであろういかなる想像より、もっと面白いはずだからね。

　さてタルホ君。この海港の或る所に奇異な街がある。君の「一千一秒物語」(1)式の三角や菱形《ひしがた》の家屋がつみ重なっていて、螺旋《らせん》形の道路を歩いていると、いたずら好きのほうきぼしにオペラハットを叩《たた》き落されたり、土星の環《わ》がころがってきて足をすくったりする、と云ったら君はどう受け取るか？　きっと、「なんだ、それはおれの考えをそっくり盗んだおとぎばなしじゃないか」——ところが、これは君の創作でも、今回ドイツから輸入されたフィルムでもない。といって先の彗星なり土星なりを望遠鏡でうかがうものと混同していたら、吾々はふうてん病院(2)の患者だが、そんな心配も無用である。すべては人工で作ったもの——だから、神戸市に存在していたって不合理ではあるまい。

　なお君には、吾々が君の趣味につけこんだ冗談をほざいているのだと受け取るかも知れぬ。が、よく考えて見たまえ。君がそんな種類のファンタジーを好んでいるならば、他にも似たような人間がいないとはきめていない筈《はず》だ。いや却《かえ》ってそんな読者を予想しているからこそ、君好みの話をかくのじゃないかね。そしてこう述べている吾々が君の第一の読者——であるばかりか、こちらでこそ君が真似をしているのではないかと怪しんでいるくらいの読者であると申し上げたら。――が、いまは水掛論の暇はない。吾々は、こんど神戸に経営することになった街のことを、君に知らせば事足りる。

　街というのは或る大きな倉庫の中にある。十五年以前に建てられたが、少うし不便な場所にあるので、現在は使われていない。そのレンガ建四層の内部をすっかりがらん洞にして、そこに組み立てたものだ。が、出来そくねの表現派[3]のセットや、出たらめな構成主義者[4]の世界塔のようなものだと早合点してもらったら困る。「どんなものでもそれが芸術を目的とするかぎりは、それ相当の美学の法則によって遊離化されてあらねばならぬ」というのが吾々の信条である。だから、この街も従来の何人がよく創案できたであろうと自慢することができるほど、へんてこにも巧緻《こうち》をきわめた代物であるが、それだけに、たとえばジョルジョ・ディ・キリコ[5]の「大いなる形而上学」……いや晩近《ばんきん》[6]傾向芸術に見出される抽象や綜合《そうごう》を持ってきても、吾々の街を説明するには役立たぬであろう。

「星のねずみ落し」とは、この街の玄関口にあたるタンクのことだが、この直立した円筒の底が凹んで、中心から一本のガス燈(7)が立っている。摺鉢《すりばち》状の床に星形がえがかれているが、この星のアントラー(8)(角《つの》がた)の尖端《せんたん》に、云いかえて円筒の下部五ケ所に馬蹄《ばてい》形の入口があり、この上部に壁をめぐって、THE GREEN COMET CITY の十七文字が緑色にかがやいている。吾々の街の全部がそうであるように、星の漏斗《ろうと》も軽金属製であるが、街はこの円筒を取り巻いて盛り上っている。むろん縦横に家屋や道路がくみ重なった不思議な貝殻《かいがら》のようなものである。

たとえばAから入りこむとする――とたんに鼻の先に壁が落ちる。が、そこにある窓を抜けると螺旋形の通路に出る。表面についた梯子《はしご》をよじ登ると、小さな家の内部に出る。ここからどこへ行けるだろうと壁を圧《お》したはずみに家がくるりと上下に廻転して、煙突を通して別の家の中にすべりこむ――とたん、床が外れてエスカレータに受け止められ――これが滝のように下り出したことに泡をくって、谷向うに飛び移ると、そこが風車の羽根になって廻転し、元の入口から「ねずみ落し」の上へほうり出される。……

こう述べているように、まどろッこしいものではない。いま云った次第がくるくるとうつり巡って、やられた！ と思ったらもう摺鉢の上にのっている。他でもない。街全体がカレイドスコープ[9]の原理による機械になっている。すなわち、ネジ止めにされた骨組に、数百箇の別なフレームが取りつけられ、それらにたいして廻転自在な家屋や橋や道路が結合され、さらに複雑な運動をする数千箇のドアーや梯子や車や、その他のさまざまな細部がくッついている。明滅する燈火と止むを得ない箇所以外は電気仕掛ではなく、ただここに入りこんだ人間の重量と動作とによって運動を引き起すように仕組まれている。だから、市民がふえると街の廻転は幾何級数的に増大する。したがってカレイドスコープの幾何模様と同じく、緑色彗星塔中において全然同一状態が起りうるとは、ただ摺鉢の上へほうり出されるという一事をのぞけば、永遠に不可能であると云ってよい。それだから、一歩ふみこむとたんにカシャカシャと奥の方へ反響して、その全体が無気味にうごき出すところの、この半ば生きているような街にいろんな影が移りめぐって、飛んでもない組合せが展開されてくる魅力は、まったくそんな夢の中の経験だというの他はない。

　けれどもうまくと云うよりははずみによって頂上に出るならば、その上は天上界になって星がいっぱい出ている。その星々のあいだを縫《ぬ》って緑色のほうきぼしが動いている。

すでに気づかれたであろうように、この街は緑色のほうきぼしを目指してゲイム(10)をきそう所である。で、もしほうきぼしが消えたならば、街の運動も停まってしまう。しかしそのことは数日目に起るものやら、数年を待たねばならぬものやら、街が磨滅するまでつづくものやら、吾々にも推断を許さぬのである。ともかく彗星が消えたら街の役目は果されたので、吾々は次なる題目にうつることになる。グリーンコメットシティなどは試みの中の試みにすぎない。吾々の目的は、グリーンコメットシティの他にレッドコメットシティ、ブルーコメットシティ、パープルコメットシティ、ブラックコメットシティ、イエロウコメットシティ……いろんな彗星倶楽部を都合十三種この地球上に経営する。最初の緑色彗星塔が一等小規模であって、その代り数が多い。現に吾々がこの神戸に今回設置したような町は、地球上にはすでに五十箇近く経営されているが、次の赤色彗星塔になるとその半数になり、以後だんだん減少して、しかし次第に大仕掛なものになって行く。そしてこれら十数種の彗星塔の試作を元にして建設されるところの第十三番目の市街を、ゴールドンコメットシティと称する。

金色彗星都はいずこに建てるか？　云ってみるなら、これまで多くの怪奇小説家に暗示をあたえた、しかも決して空想ではなくして実在する、熱帯圏の或る部分に介在する魔海である。これは最近某方面の探索によって判明したところの、吾々にのみ知られている所だ。むろんどの海図にも載っていない。その海洋の局所は死んだように海水がぬるんで、昔から行方不明になった船々が沈んでいる所である。ここへ行くには東洋の或る港から吾々の赤色の駆逐艦《くちくかん》アンドロメダに乗って夕刻に出発する。そんな特別装置の船でなければ魔海が発見できないからである。さて駆逐艦はエメラルドグリーンの大まかなうねりの上を七日間航海をつづけて、おしまいの日の夕方からいよいよ魔海に接近する。と、俄《にわ》かに風波が起って船体は弄《もてあそ》ばれるようにピッチング、ロウリングをはじめる。ポオ(11)の物語にあるようなおそろしい渦があっちこっちに巻いている。多くの不幸な船はこの陥《おと》し罠《わな》に吸いこまれ、海底の鋸《のこぎり》の歯をつらねたような間道を通って、とこしえに静かな死の圏内にバラバラになったかの女らの残骸《ざんがい》を浮き上らせていたものである。——しかし一時間ほどたって、波のうねりが平らいでくると、吾々は、舷側《げんそく》(12)にくだける波がしらが怪しい青紫色の燐光《りんこう》を放っていることに眼をうばわれるだろう。水はすでに油のようにねっとりして風はみじんもない。こうべを上げると、その星座をみだしたかのごとく不可思議な狂わしい位置を採ってきらめいている星々が見える。が、すぐにそれらはかき曇《くも》って、四辺はもうろうとして光るガスにおおわれてくる。闇《やみ》の夜であればそこやここやに飛び交う色とりどりの鬼火があろうし、若《も》しそこに青い月の光がにじみ出しておれば、吾々は駆逐艦の周りにぎっしりつまった、腐りつつある魚類や虹色のくらげや、また髪の毛のような藻のあいだに、幾世紀前のものとも知れぬ朽ちた船体と、その上に沈みもせず浮びもしないでひッかかっている骸骨《がいこつ》のいくつかを発見するかも知れない。そのうちに真夜中近くなって、怪鳥の悲鳴に似たサイレンが、この魂をしめつけるような界域の寂莫《せきばく》をつんざいてひびき渡ると、吾々は行く手の空中にさんらんとアラベスク[13]をえがいて明滅する無数の放射線が、互いに入りみだれて、眼も綾《あや》な矢車を織り出しているのを望見するであろう。双眼鏡を向けてみると、光の矢車の直下の海中に、鈍く金色に光った不規則な塊団がうかんでいるのがみとめられる。近ずくにつれて、それが「ゴーゴンの首[14]」であることに気づこう。そう、かしこがこの魔海の中心点、遠き昔に天界から落下したものとでも考えられるべき巨大な磁石が沈んでいる場所なのである。そして、測り知ることができない磁鉄の、直上に浮んでいるミジュサ[15]の首とは、周辺数キロにわたり、その高さは天を摩す人工の浮島——ゴールドンコメットシティそのものなのだ。美と死と腐敗との権化？　正視する者を立所《たちどころ》に石に化す妖女の相貌に人々が戦慄《せんりつ》をおぼえる頃、赤い駆逐艦の速力はようやくゆるんで、それは、遠くからはそんなに受け取れるおどろくべき海上パラダイスとして、阿片《あへん》の夢のごとくに展《ひら》けてくる。……あらゆる国々の珍奇な建物、輓近傾向芸術に見られる空想、さてはまだ吾々の脳裏にさまようている多種多様の建築物が、およそ空間形式中に想像なしうる限りの荒唐な形をとって、巨大な海底の磁塊に吸引された鉄粉さながら渾然《こんぜん》と入りまじり、錯綜《さくそう》している一つの“Pandemonium”[16]である。そしてメガネを手にした甲板《かんぱん》上の船客が、虹の火竜がオーロラのようにダンスしている遥《はる》かな高所、昆虫の触角みたいに突き出したアームの先端にも、なお点々とイルミネートされた怪奇な家屋がならんでいることに胆《きも》を消した時、駆逐艦は、時計の針とは反対の向きにのろのろと廻《まわ》っている、この金色にかがやく大氷山の奥深い洞門の中へはいってゆく。そして打ち仰いだ頭上の穹窿《きゆうりゆう》形[17]にも、またさまざまな家屋がぎっしりと逆さに結晶のようにかかっているのだ。……

　これ以上は述べたくない。吾々が何を云おうとしているか？　おおよそ君には見当がついたことと信じるからである。それに具体的なことは、今夜にも君が出向いてくれるならば、納得がゆくように説明するつもりでいる。——ところでお逢いする場所であるが、これは君の判断にねがおうと思う。ともかく神戸市内の一帯に谷底のようになった区廓《くかく》で、市街のまんなかだというのに原っパや赤土の崖《がけ》や、古い墓地や、星空の下に山のすがたでも見つけぬかぎりはさっぱり見当のつかぬ迷路《メーズ》がある。と思いがけぬ所で明々した市電が通っている鉄橋の下へ出たりするが、この近くにある橋の下からどぶ川にそうた小路を北に進むと、青い月が射《さ》しているとちょっとロンドンの場末にきたような感じをあたえるアーチがある。その門をぬけると、向って右手に黒い壁がそそり立っている。すなわちフェアリーシティを収容した倉庫で、この建物を見つけさえしてくれたら、吾々は近頃は明方まで仕事をしているから、その時間中であるならば、お逢いすることができる。では待っている。

神戸市における緑色仮面の一団より

（一九二四年 二四歳）

月に寄せて

お月さまの大きさは人によって、随分異っているそうです。私の友人は一尺[1]くらいだと云いますが、彼の小さい弟には二三分《ぶ》[2]くらいにしか見えぬのだそうです。私は別に考えた事はありません。が、一度、私共の住んでいた都会を離れて祖父の居る海辺の町へ移った時、そこで初めてお月見した晩のお月さまが、ちょうど絵本にある虫共の奏楽を笑い乍《なが》ら見つめているまんまるいお月さまのようにでっかかったのを憶《おぼ》えています。タナバタのお星さまについても、私は何かそれが紅と青との二つで、夜が更けるとその一つの方へプーッと飛ぶように思っていたのでした。然《しか》しそれは共にうそでした。けれどもうそだと云うのは、科学的考え方と云うものであって、何と見ようと、それは人それぞれの勝手じゃありませんか。

現に私の近所の床屋の小僧さんは、私をつかまえて「星と月はどちらが高いのですかね」と改まって質問しましたし、又その向い側の古道具屋のおっさんは、私へではなく或晩銭湯に浸《ひた》り乍ら「あの石炭っていぅ奴は、どないして出来たもんやろな」と、関西弁でさも不思議そうに呟《つぶや》いていました。「太陽かね、ありゃお前何十万里も向うにあるじゃ、そうしてあれは電気でもって運転しとるじゃ」そんな事を薬湯につかり乍ら説いている隠居さんもあります。ずっと以前でしたが或レストーランの主人の老女が、街角でお月さまを見ていた私にこう申しました。「陰気なもんがあったもんですね」なるほどこんな事を云うなら、富士山だって「どうも邪魔っけなもんがあったものだ！」

丸山薫(3)さんに聞いたのですけれど、それは同君が愛知県の海岸に立っていると、郵便屋のような男がきて「えらい事になったものだ」と海を指して云ったのだそうです。海についてそんな表現は初めて聞いたと丸山君は云っていました。新らしいエルサレムが出来る時には、もはや海と云うものはなくなっていると聖書の中にかいてありますから、海は、その中に住んでいる魚共と合わして、罰あたりなのかも知れません。

けれども海がなくなるとしたら、魚は気の毒ですね。どうか預言者ヨナを救《たす》けた鯨《くじら》と、エスさまに縁ふかいガリラヤのみずうみに住んでいる魚と、聖アントニオ(5)の御説教を聴いた魚の子孫だけは、その時助かるようにしてやりたいものです。魚にかぎらず、小さいものは何でも可愛いいですね。小さなものに注意したら、厭世《えんせい》主義なんどなくなって了《しま》うと幸福論の著者カール・ヒルティが云っているのは本当です。お寺の墓のきわにある私の部屋には、夜たくさんな虫がやってきます。それにヤモリがたくさんにいます。また聖書ですが、箴言《しんげん》(6)の中にヤケの子アグルの言葉として、こんな事が出ていました──

地に四つの物あり、微小《ちいさし》といえども最智《いとかしこ》し、蟻《あり》は力なき者なれどもその糧《かて》を夏のうち備う、山鼠は強からざれどもその室《いえ》を磐《いわ》につくる、蝗《いなご》は王なけれどみな隊《くみ》を立てていづ、守宮《やもり》は手もてつかまり王の室におる。

金いろの眼をした守宮よ、お前はソロモン(7)の宮殿にも住めるのだとよ。けれども今は秋だ、お月さまが冴《さ》えてきた、もうじき望月《もちづき》(8)になる。来年にまた出てきたまえ！

(一九四一年四一歳)

大きな三日月に腰かけて

アンダースン(1)が新型粒子を発見したころだったとおぼえているが、英国の天文学者エディントンが次のようなことを言っていたのを、私は何かで読んだことがある。一個の粒子は、ならんでいる二つの孔《あな》を同時に抜けるというのである。すなわちAの孔を抜けるものの他に、同時にBの孔をも抜ける幻の粒子を仮定する必要があると。

この不思議は、なにも粒子に限らない。われわれ人間の上にも、ときたま、そんな現象が発生する。言うところのドッペルゲンガーであって、ここではひとりの個人が完全にふたりに分裂する。二重の存在である。

これは昔から怪奇作家や推理小説家の好個のタネであって、いろいろな型の物語になり、また映画にも取り入れられてきているが、比較的最近に私が読んだのに、こんなのがある。

自分自身のこと即ち彼からは他人である私を、まるでわが身のように心得ている他の男がいた。先方は、高い建て物の屋根裏部屋にひとり住まいをして一歩も外出しないくせに、こちらのなすこと思うことを何でもよく知っている。君は、きのう何時に彼女に会った。いま、君のポケットには金がこれだけはいっている。君のあすのスケジュールはこうだというぐあいに、寸分の狂いもなく言い当てる。こちらは、不安に追いつめられた。これでは、同じ人間がふたり居るのと変わらないからだ。おしまいに、この上は、先方を抹殺《まっさつ》する以外にないと決心する。そこでピストルか短刀かを忍ばせて出かけるのだが、これも先方に感づかれたら百年目である。で、なるべくよそごとを念頭に置くようにつとめて、自身にも他身にも不意打ちをかけるつもりで、ビルディングの階段を駆《か》け上がるのである。ところが、相手の姿はなかった。彼の部屋のテーブルの上の灰皿からは、吸いさしの巻き煙草のけむりが立ち昇っていて、そばに紙片があり、「君は抜け目のない男だが、今回は残念ながら一足おくれたワイ」と走り書きがしてあった。

ここまでは別にめずらしくはない。ところで、作者の城左門《じょうさもん》(2)君は、きわめて斬新な結末を見せている。先方が隠れる場所なんかないのである。逃げ道と言えば、自分が駆け上がってきた通路一つである。それでも衣装簞笥《いしようだんす》の内部、洗面所の下方のとびらを入念にしらべてみた。天井はこわれていない。ハテな？　念のために窓をあけてみた。すると今しも奴がスーツケースを片手にさげて、こちらを見おろしてニヤニヤ笑いながら昇って行く所であった。で、読めた。あいつだったのだ。そら、昔からあるじゃないか。三日月に腰かけてニヤニヤ笑っている、細長い、妙な先生が。あいつだったのだ！

この話のおもしろ味は、でも子供のころ、たとえばマッチのレッテルなんかで、そんな三日月に腰をおろした紳士を見た者でなければ、妙味は半減するかもしれない。同時にまた、そんな三日月紳士を別に知っていなくても、この種の宇宙的ユーモアは時代を問わず、万人が感じるものだとも言えるのである。

明治のはじめころは、シャボンは洗たく石鹼《せっけん》一点張りであった。化粧用シャボンは特に「顔石鹼」と断わる必要があった。これが花王の始まりであるが、この由緒あるシャボンの商標が、やはり一種の三日月男である。それというのも私は、淵源は十九世紀の前半期にヨーロッパを風靡《ふうび》したムーンブームの影響だろうと見ている。メトラー、(3) グルイトゥイゼン、(4) ハンゼン(5)などという天文学者たちが、月のおもてに古い要塞《ようさい》の跡が見えるとか、月はサトイモ形で、そのとがった部分が、地球に向けられているので、月の大気は、裏側に集まっているはずだから、そこに動植物、月人も住んでいるに相違ないと言い出し、各家庭の夕食のテーブルで、月人有無が盛んに論ぜられたのである。ポオの「ハンス・プファアールという人の冒険」(6)、ジュール・ヴェルヌの「地球から月へ」、ウエルズの「初めて月へ行った人」なども、やはり同じ月さわぎの影響に生まれたものである。そして明治二十五年ごろの生まれで、私より八つくらい年上だった芥川龍之介は、(彼のお父さんの新原敏三《にいはらとしぞう》氏が白木屋から売り出した化粧石鹸は別に月じるしでなかったようだが) 彼は、この私の上にも、月男を当てはめている。私が処女出版の「一千一秒物語」を一冊贈った時に、彼は画箋紙《がせんし》(7)に達筆で書いてよこした。

大きな三日月に腰かけてハヴァナをふかせているイナガキ君
本の御礼を言いたくてもゼンマイ仕掛の蛾《が》でもなきゃ君の長椅子《ながいす》へは行かれやしない

日本古来の月男は、しかし、さらに優美であった。「月の中の桂男の君にもあるかな」（伊勢物語）この月のおもてにいよいよ本物の、宇宙服を着た月男が立とうとしている！

（一九六九年 六九歳）

月は球体に非《あら》ず！——月世界の近世史

その初め、シャボン(1)は洗濯石鹸一点張りで、化粧用品は特に顔石鹸と断る必要があった。「花王石鹼」はこのことによるのだそうである。この、明治以来のシャボンの商標はお月様であるが、花の王と一体どんな関係があるのであろうか？

注意するがよい。只の月でなく、このお月様には目鼻がついている。すなわち月の顔である。これに似た商品がもう一つある。三十歳以上の人は憶えているだろうが、ひところ、何処《どこ》の文房具店にもそれは見受けられた。目鼻のついた半月の台紙に、ニッケル鍍金《メッキ》したキャップのついた軸の赤鉛筆乃至《ないし》紫鉛筆が、ゴム緒でとめてあった。其《そ》の後日本では鉛筆技術が著しく進歩したので、このバワリア製コピエル・ロオト(2)は輸入されなくなって、既に久しい。

日本の花王石鹼も独逸《ドイツ》のステッドレル・ペンシルも、又、現今なお片隅の化粧品、マッチ、衛生具、即席カレー粉等々の意匠に残っている月美人も、総《すべ》ては、十九世紀中期に西欧を風靡《ふうび》した月ブームの名残《なごり》だ、とボクは解釈する。

月世界旅行記は遠く一八〇〇年前、有名な諷刺《ふうし》作家サモタルのルキアン(3)が書いている。近世では、天体力学の開祖ヨハネス・ケプラーが、やはり月への旅を執筆したし、シラノ・ド・ベルジュラック(4)の月界奇談は、あまねく知られている。

でも、比較的最近の月ブームは、多分、一八二二年七月十二日の、東経十五度子午線辺りの夜半に始まるのでないか。此《この》夜、ミュンヘンの天文家フランツ・フォン・パゥラ・グルイトウィゼンは、満月の中央部に、泥で麓《ふもと》が埋まっている巨大なかたつむり状の城塞を見つけた、と思った。早速、独逸の月面図には「シュネッケンベルグ」(かたつむり山)として記入されたが、発見者はこれを月人存在の証拠だと考え、自ら月世界のお城と廃墟の想像図を描いて、出版した。

これから数年遅れて、月人を、月の裏側へ持っていったのが、ペーテル・アンドレァス・ハンセン教授である。彼はゴータ大学に教鞭を執《と》り、ゼーベルグ天文台の台長だったが、月の運動の特異性に基いて、「月は球体に非ず」という説を立てた。お月様はむしろ玉子形である。鶏卵の尖《とが》った方が常に地球に向いている。この、巨大な山と云ってよい部分は月の気圏の上まで突出しているから、山頂に空気は無い。大気も水も裏側に廻っている。従って、月人も裏側に棲《す》み、其の他、動物も植物も見られることに相違ないと。

もともと彼は時計工で、傍らデンマーク測量局の助手を勤めていたが、彗星の軌道に関する論文で、巴里《パリ》学士院賞を貰い、又、月の運動表では王立天文学協会から金メダルを贈られている。信用があった。ヨーロッパのどの家の晩の食卓でも、月人有無が盛んに論じられるようになった。ボクらの子供の頃にあった「パック」（大型漫画ブック）に、よく目鼻つきのお月様が取扱われていた。これも西洋の月騒ぎの影響であろう。一体、我国の天体画の伝統には、月にしろ星にしろ、目鼻などはなかったのでないか？　ポオの「ハンス・プファール氏の大冒険」ウェルズの「初めて月へ行った人(5)」ジュール・ヴェルヌの「地球から月へ(6)」いずれにも月さわぎの刺激がある。象徴派の先駆ジュール・ラフォルグ(7)のお月様の詩だって、お多分に洩《も》れてはいまい。

ジョージ・メリエス(8)は、奇術で儲《もう》けた人だが、彼はトリック映画の元祖でもある。日露戦争の以前に、既に巴里郊外モントレィユの大きな邸内に、鉄骨ガラス張のスタジオを設けて、お伽劇《とぎげき》やジャンダーク(9)の戦争場面などを撮っている。月世界旅行は当然作られねばならなかった。

ボクが憶えている月世界活動写真には、三種あった。いずれも色彩フィルムだが、一コマずつ毛筆で彩ったものだから、大変だ。①酔払いが巴里の広場からストーヴの煙突のきれはしにつかまって、ひょうひょうと昇って行くもの。②天文博士が特大シャボン玉の内部へはいって、出発するもの。③一団の探険隊員が砲弾の中に乗組んで、月めがけて射ち出されるもの――これが、ジュール・ヴェルヌの原作に基いたメリエス氏の特作フィルムだった筈である。先の酔払いは、寝床から転り落ちて目が醒《さ》める処《ところ》でおしまい! 天文先生は、持参のコウモリ傘をパラシュートとして帰来するが、着陸を誤って、屋上の避雷針にひっかかり、お腹から背中へ突き通されてくるくると廻る。探険隊は又、月美人にうつつを抜かした為に、月人に追われて元の砲弾の中へおし込められて突き落とされるが、星屑のあいだを真逆様《まっさかさま》に落ちてきて、アッという間に地球の噴火口の中へ二重墜落をした!

ボクは、月への旅行者が、彼らの固い足場を下方に突きやって、ふわりと虚空に飛び上る感じが大好きだった。西洋人はこんな素晴らしい感覚を取扱っているのに自分の周囲といえば、未だに墨のかすれ線やムラになった顔料《エノグ》の世界から抜け切らずにいる、と思ったものだ。以来五十年、憧《あこが》れの宇宙感は漸《ようや》く一般化しようとしている。それは何の役に立つのであろう？　云う迄《まで》もない、われわれの平板的な背景を広大無辺な立体にまで置き換えようとする。それは地球に斬新な陰影を施す。それはわれわれに一そうの自覚を促す。あんな他愛《たあい》ないフィルムがあったとか、博覧会の余興に幻燈仕掛の月美人ダンスがあったとか、そんなことを知っているばかりでなく、われわれの迎えるべき運命についての予見があること、人類の歴史を自身に於《お》いて忠実に生きていること、これあってこそ、ボクらは真の歴史家なのであるから――。

（一九五八年　五八歳）

おそろしき月

日本にまだ今日のような良質の鉛筆が出来なかったころ、全国至る所の文房具屋の店先に、三日月の台紙にゴム紐《ひも》でとめられた一連の細い赤鉛筆が見られたことを、年輩の人ならばおぼえていることであろう。

その細じくの赤鉛筆にはキン色のキャップがかぶせてあって、他に紫エンピツもあった。そして軸にはMADE IN BAVARIAとある。これが有名なニュールンベルクのステッドレル月じるし鉛筆であった。

そのころ、マッチ、化粧品、天瓜粉《てんかふん》、(1) 衛生器具等の意匠に、月美人、月紳士、月ピエロが見受けられたが、その中では月じるし鉛筆が王様であったようだ。すべてこれらの月マークの品物は、私は十九世紀前半期にヨーロッパを風靡《ふうび》した月ブームの名残《なご》りだと解している。

先にヨハン・ケプラーは、月面の無数のクレーターをもって月への所作だと考えたが、こんどは、メトラー、ハンセン、グルイトゥィゼンなどの天文学者たちが、月のおもてに要塞《ようさい》の跡が見えるとか、月はサトイモ形で、その尖った方を地球に向けているから、したがって月の大気は裏側に集まり、そこに動植物、月人が住んでいるに相違ないと言い出したのである。あちらの各家庭では、夕食の卓で月人有無が盛んに論じられたのだった。

　小学校前の文房具屋の店先に、月じるし鉛筆の台紙を見るたびに、私には不審にたえない一事があった。紙製のお月様は実は半月に近いほど肥えているがともかく三日月型だとしておこう。三日月型をしているものの正確には三日月でなかった。三日月様はかおを向かって左側へ向けているのに、この西洋の紙の三日月は顔を右に向けていたからだ。これは暁方《あけがた》に東へ差しのぼる二十五日月様だと気が付いたのは、ずっとあとの話だった。そのうちにある明け方、まだあたりが暗い時刻におもてに立って、私は未明にのぼってくるお月様が、なるほど人間の横顔に酷似していることを知った。つまり明暗線のジグザグが、宵月にくらべていっそう人間の横顔に近いのである。月じるし鉛筆会社の創設者はきっと早起きなのだと思わずにおられなかった。

それからもう一つ奇妙なことを、私は西洋の紙製の半月の上に感じた。日本の花王石鹸のお月様もやはり西洋の月さわぎの影響を受けているのだろうが、このお月様はうたがいもなく男性である。なぜなら別に巻きタバコを啣《くわ》えているわけではないが、明らかにタバコのけむりだと解される煙を吐いているからである。

ところで西洋のお月様はルナであり、セレネ(2)であり、アルテミス(3)であって、女性である。日本でも月の女神などという。ステッドレルペンシルのお月様は男か女か見当が付かない。また、年寄りなのか子供なのか、そのへんもはなはだあいまいである。ハテなと私は心の中で考え続けていたが、やがてラテン系のことばではお月様は女性名詞だが、ドイツ語などのゲルマン系統では男性名詞だということに気付いたのだった。これですべて解決したわけでない。台紙の月は男性であったにしてもただの男性でないように思われたからだ。依然としてどこかに女のやさしさがあって、また少年のようでもあり、相当な年の小父《おじ》さんのようでもあったからである。再びハテな、になった。

アメリカの月ロケットが月球に接近して、直前にした月は荒涼たる円球であることが判明した。その裏側に都市の廃墟や城塞の跡が残っているわけでなかった。無残な、まんまるな巨大なもえがらに似たものなのである。これでよい。そうあるべきだ。しかし感情的には、これは女のもえがらだろうか、男のもえがらだろうか、そしてまだどこかで生きているのだろうか？

今回の月ブームの意義は、やはりわれわれが子供のころ、ジョルジュ・メリエス氏作の「月世界旅行」フィルムの上に覚えたような宇宙感の高揚だとしないわけに行かない。それは平板的な背景を広大無辺な立体にまで置きかえようとするもの、すなわちわれわれにいっそうの自覚をもたらすもの、各自が歴史家だというのは、何もこれこれのことがあったと憶えているからでない。人間の運命について予《あらかじ》め眼識を有すること、人間の歴史を忠実に自身において生きねばならぬということである。

まア、こんな野暮な演説は言いっこなしにして、お月様の真相は、全身にサイケ模様(4)を施した怖《おそ》ろしきヘルマフロディトだったのだ。その横がおに左向きと右向きの二種があるからである。すなわち宵には女性となり、明け方には男性となる。ヘルマフロディトとはヘルメスとアフロディトをいっしょにしたものでいうまでもなく両性具有者のことである。

（一九六九年　六九歳）

空中世界

夏の夕べの都会にパッと電燈がついて、バルコニーの上には銀星と三日月の黄金の弓がさやかにかかっていた。吾々は飛行機について、又航空界の未来の可能性について長い議論を戦わした後で、疲れてだまっていた。

「ね、そう思いませんか」

という声が聞えたので、自分はおどろいて問い反《かえ》した。

「ええ何ですって？」

「あなたは私の云うことにそれくらいしか注意なさらないの――」

彼女は首をかしげながら云った。

「いいえ僕は空中国の事を考えていたんです」

自分はあわてて云いわけをした。

「空中国ですって！」

彼女は瞳《ひとみ》を見張って向き反った。

「え、そうです、青くかがやいた空中世界です」

「空中世界——まあ何て意味ふかい言葉でしょう。そしてそれが実現される未来の世紀を想うとどんなにかきれいでしょう。私はうつくしい燈火に飾られた飛行機に充ちみちている夜の空を想像します……」

彼女は感嘆したように云いかけたが、この時、すべての物象は突然なくなってしまった。家屋も、バルコニーとバルコニーとが縁取るキラキラした下方の街も、自動車の交錯も、いつの間にかキネマ(1)の幻想のように消えて、二人のまわりには只真青な空間がひろがっていた。この静かな夜の空気に、リズミカルな騒音がオーケストラのようにみちて、何物かが一面にとびはびこっている……それらはすべてイルミネートされた巨大な飛行機飛行船である。その間を二人は長椅子にのったままスイスイと走っていた。きゅうに白い靄《もや》のなかにとびこむと、下の方に泣いているような都会の灯が見えた。そして、着物が香水のような露にビショ濡れになった……

まあ、赤や緑や紫のサーチライトが入りまじって飛行機の翼に映っているのをごらんなさい。

イリュージョンがすぎて、自分は、彼女の胸によりかかりながら静かなハートの音をきいていた。それはあたかも新世界の呼吸に通じているのかと思われた。

「や」おどろいて自分は叫んだ――

「あなたの胸のなかにプロペラーの音が聞える」

それをきいて彼女は大声に笑い出した。

「僕の云うことをいつも真に受けないんですね」

「そりゃあなたがあまりかけ離れたことを考えるからですよ。――でも空中世界はほんとうに実現するでしょうか」

彼女は心配そうにたずねた。

「勿論《もちろん》！　社会の進歩は常に人間の夢によるではありませんか」

自分は確信にみちた声で答えた。

（一九二八年 二八歳）

庚子《かのえね》所感

この前の庚子は千九百年だった
その年にはツェッペリン伯[1]の飛行船が
初めてコンスタンツ湖[2]上に浮んだ
又、ライト兄弟[3]が最初のグライダーに手をつけた
おし詰って十二月九日頃には
マックス・プランク[4]が量子常数「h」を発表した
三週日が経ってもう
四、五日でお正月だという間際に僕は大阪の船場《せんば》に生れた
この干支《えと》のひと廻《めぐ》りの終りの年に

お月様の裏側が覗《のぞ》けようとは夢にも思わなかった
次の六十年間にはどんな事が起るだろうか？
それも然《しか》し知られるであろう
僕は百二十歳か、それとも三十歳か、
十二、三の少年であるかは測りがたいが
新らしいミュージックに
新らしい絵画に
新らしい文学に精を出していることであろう
何故《なぜ》なら非常に現代的な芸術も
それを造る人間がそれを理解した時にはもはや現代的ではなくなっているからだ
諸君の場合だって僕と別に変らない
諸君はその時百二十歳か
九十歳か八十歳か

それとも十歳かは知らないが
だいたい今と同じことをやっているに相違ない
諸君は「去る」ことには覚悟があるらしい
然し「来る」不思議についてはおどろくほど無知である
いっぺん「去った」のでなかったら
どうして此処《ここ》に「来た」のであろう
いつどこででもわれわれは何事かをやっている

（一九六〇年 六〇歳）

神戸三重奏

I　天体画の記憶

私は「汽車」というロケットに乗って、初めて神戸三ノ宮駅に上陸した。

自分は大阪船場（北久宝寺町《きたきゅうほうじまち》）の生まれだが、祖父母が明石に住んでいた関係で、たびたび神戸を通過していた。三ノ宮駅を西に向かって発車すると、間もなく右側に、巨《おお》きな白塗りの丸いカゴをてっぺんにくっつけた格子塔《こうしとう》が近づいてくる。即ちタイムボールで、正午になると、あの玉が垂直に落ちて港内の碇泊船《ていはくせん》に時刻を知らせるのだと判ったのは、もう関西学院中学部にいた時である。この玉付きヤグラは、自分にとって「最初のオブジェモビール」であった。

タイムボールは半日旅行の道標でもあった。何故《なぜ》なら、奇妙な塔が見え出すと、明石はもう程近いのだから。汽車が神戸駅に停《とま》ると、駅名を書いた札が不思議に思われた、その二字は、アマテラス大神《おおみかみ》がきげんをそこねて隠れてしまった岩戸を連想させた。その「神の戸」を、何故コーベと読むのであろうか？

ついで湊川新開地《みなとがわしんかいち》、楠公社《なんこうしゃ》境内の水族館、背山のイカリのマーク、笠戸丸見学（これは元バルチック艦隊所属の病院船だったそうである）等々があって、いよいよ神戸市への正規の上陸は、大正三年三月、関西学院中学部へ入学願書を出しに行った日のことである。

三ノ宮駅は今日の元町駅で、あそこはちょっとした高台になっているから、当時は南口を出ると東と西へのだらだら坂になっていた。自分の神戸知識は、東は三ノ宮駅を通る南北線、西方では兵庫駅を通過する子午線どまりだったので、この不案内が東郊の関西学院めざして、阪神電車を利用させたわけである。その終点は滝道であった。電車を降りて山の方へ長い坂を登って行くと、右手に原田ノ森が迫《せま》ってきたから、母と私は「岩屋駅」に下りたことになる。自分の頭の中は、先刻三ノ宮駅を降りてすぐ目にとめた、驚くべきもののことで一杯であった。

三ノ宮駅南口の坂を東へ下った所の右側に、洋菓子店があった。入口だけの改造だったか、赤屋根付きの洋風建物だったかどうかは忘れているが、ともかくハイカラーな店であった。私が中学部二年になった春に、ある日の帰りに級友が今の店で新発売のミルクキャラメルを買って、その中の一箇を私にくれたのである。兵庫駅を出た汽車がひろびろした野に出るなり、私は車窓から首を突き出し片頬《かたほお》を春風に打たせながら、ポケットから小さなキャラメルを取り出してパラピン紙(1)を剝《む》いた。青リボンを伸べた海の手前にライジングサン石油(2)のタンクが銀色に光っているのを眺めながら、口の中へほうりこんだ。森永キャラメルは十銭か七銭であった筈《はず》だが、まだなかなかにミルク臭い、西洋菓子の仲間であった。

——このキャンディストアの前を、母と連れ立って通り抜けながら、私は薄暗い内部の、向って右側の壁面に、美しい色刷りの広告画が懸《かか》っているのを目にとめた。

それは、赤い円錐帽《えんすいぼう》をかむり、緑色の長いガウンをつけた天文学者のおじいさんが、バルコニーに望遠鏡の三脚架を立てて、谿谷《けいこく》の向うの岩山の上に照っているニコニコ顔のお日様を覗《のぞ》いている所であった。太陽といっても、普通の画で見かける青空をバックにしたそれではない。いったいお日様が、他の星や月やホウキ星に較《くら》べて、何か野暮ったらしいのは青ぞらのせいだと私は思っていた。いったん青空と雲を取りのけて、太陽を真黒な空のまんなかに置いたならば、素敵な天体に一変するだろう。そんな黒い天に出ている太陽で、そのふちはコロナ(3)の翼で飾られ、黒い地には白い横文字が数行並んでいた。

これは、針葉樹に囲まれた湖水が前景にあって、向うの嶮《けわ》しい山の上に、右向きの即ち明方《あけがた》の三日月が出ているステットラー鉛筆の広告画と同格でないか。又、山間《やまあい》のお城が見える広場で、背中に吹き流しを付けた二人の騎士が、装甲馬に跨《またが》って相闘っている、カスチール(4)鉛筆のポスターにだってあえて引けを取らない。しかもそこには天文博士と望遠鏡が参加しているのだから、三種の広告画中の随一かも知れなかった。

大正も十四年頃、東京に移っていた私は思い出して、三ノ宮駅下の洋菓子店へ、「以前、お宅の壁に懸っていた太陽の画は、何というお菓子の広告でしたか」と問い合わせの手紙を書いた。「三ノ宮駅南口洋菓子店御中」としたのであるが、勿論《もちろん》返事はなかった。実はその店がまだあるのかどうかも自分は知らなかった。それに、あの石版刷はたった一度見たにすぎないことにも、私は気付いたのである。

あの日、母と私は、長い坂道が上筒井の通りと交叉《こうさ》する所の左側にあった、「各学校御用達」

の札が出ている裁縫店で、関西学院をたずねたのであるが、奥から立ち現われた若い女の人の白い丸顔が、とたんに綻《ほころ》びて、まあ！　ということになった。それは私の姉の清水谷《しみずだに》女学校時代の級友だったのである。（姉は自分よりも十以上の年上であった）

　彼女はすぐそこに見えているのが関西学院の正門で、反対方向にまっすぐに行くと市電熊内終点があると教えてくれた。このために帰途には、各種のパンから発散するものと、ビスケット、ボンボン、ドロップス、マシマロウ(5)、ヌガー等々の香りが入りまじった店の前は通らなかったのである。やがて私は三ノ宮駅南口から通学の下り汽車に乗るようになった。その次の春には友だちが帰りがけに例の菓子店でミルクキャラメルを買ったにも拘《かかわ》らず、自分はあの絵に注意したかどうか、一向に思い出せないのである。天文学者の緑衣の一つ一つのひだに面白い陰影を織り出していたお日様はどこへ行ったのか？　今日では月旅行をすれば、「真黒いバックにひっかかっている太陽」にお目にかかることができる。しかし、それは眩《まぶ》しくて到底正視にたえないであろう。

2　朝日館のキネオラマ

当時、湊川新開地は「ドテ」（堤防）と呼ばれていた。上の方（湊川公園になっている所）には、小屋掛けの見世物が並び、その正面には時々小博覧会が催され、下の方には、劇場、寄席、勧《かん》工場《こうば》、活動写真常設館がそろそろ建ちかけていた。勧工場はデパートの前身で、楠公社境内にあったのが最初のものだろう。

勧工場では、私は玩具店の小さな映写機に心を奪われていた。環形のフィルムがくるくる廻るだけであるが、フィルムは薄っぺらなセルロイド(6)にプリントしたものであった。ゼラチンペーパー(7)のフィルムもあった。こんなのは二、三回くるくるやると、もうちぎれてしまうのであった。

朝日館には西洋のフィルムが懸《かか》っていたので、私たちのあいだで人気があった。この小屋で憶《おぼ》えているのに、二巻物の冒険活劇があった。画面の左下で水兵がサーチライトを動かし、右上の双眼鏡の視野の中で女の人が数名の悪漢相手に争ったり、救援陸戦隊の出動が、私の頭に残っている。サーチライトの視野は円であったが、双眼鏡の視界は円が二つ横につながったもの、即ち「メガネ型」である。日本製フィルムでは「南京《なんきん》松」があった。これは特作活劇だったように憶えているが、その後ねっから話が出ないのはどうしたわけだろう。

快漢ローロー(8)で有名な「名金」(9)は、もう私が関西学院中学部の上級生だった頃である。これ以後、朝日館には続々とユニヴァーサル会社の連続冒険活劇が上映されるようになり、スクリーンの直下にはすでにオーケストラボックス(10)が設けられていた。

これより前に、朝日館で余興のキネオラマ(11)が呼物《よびもの》になっていた。スクリーンは只《ただ》の白布だったから、プログラムが進んで白幕がきりきりと巻き上げられると、その奥に仕つらえた人工風景を見せる。このキネオラマは大阪の常設館でもやっていたから、東京でもその通りだった筈である。たぶん明治四十三年夏、大阪浜寺の海水浴場で興行された『旅順海戦館』(12)に影響されたのだと、私は解釈している。それは朝日館にも採用されていた。友だちが云った。「あの波はな、ブリキで作ってあるのや。それが奥の方から順々にこちらへ倒れるようにしてあるので、本当に海が動いているように見えるのや」「フーン」と私は感心するより他はなかった。自分は朝日館の「旅順海戦」も、浜寺のそれも見落していたからである。

話にだけ聴いている海戦キネオラマを、私は想像によってボール箱の中に再現しようと思い立ち、それに必要な艦艇《かんてい》として、楠公さん境内の勧工場の玩具店で、「海戦将棋」を買った。このゲームの駒は小さな鉛の戦艦巡洋艦や駆逐艦《くちくかん》や水雷艇である。これらを、切紙細工の青い波のうねのあいだに、糸で引いて動かすつもりであった。朝日館のキネオラマとして憶えているのは、湊川公園の博覧会が正面に作ってあり、この景観にイナビカリと共に夕立が降ったり、再び明るくなって向うに虹が懸ったりするものだった。他に「マルタ島の絶景」「アルプス山」などがある。岩見重太郎《いわみじゅうたろう》(13)の狒々《ひひ》退治もあった。杉林の中のホコラの前へ、女の人を載せたカゴが届けられ、やがて暗くなって電光が閃《ひらめ》き出ると、ぬいぐるみの大猿が現われ、重太郎を相手に大立廻りを演じるのであった。こういうキネオラマは、ひと月目毎《ごと》に外題が取り換えられていたようである。

　私はほとんど三年間にわたって『旅順海戦館』と取組んでいたが、卓上キネオラマ館は時に大形になり、また縮小されながらもついに成功しなかった。第一に紙細工の波が大きすぎた。鉛の艦列はまるで青いついたての山間を出没するにすぎなかった。軍艦をボール紙製の大型に変更すると、キネオラマ館全体を拡大しなければならなかった。浜寺の興行を観《み》てきた人の話によると、全館に響く砲声と共に砲弾落下の水柱があっちこっちに立つのであった。この水柱の工夫が付かない。火花と砲声のために私は硫黄《いおう》と硝石《しょうせき》と木炭の粉を用意していたが、これだけでは花火が作れなかった。雨を表現するのに、ブリキの円板に細かな孔《あな》を一面にあけて、懐中電燈で片面を照らして廻転《かいてん》させて全景に投射するように仕組んだが、成果は上らなかった。サーチライトも数条動かせる必要があったし、その光芒《こうぼう》が軍艦を照らし、波がしらが光らなければならなかったのである。砲台の向うに落ちかかる月はどうにか照射することができたが、その月光を受けた金波銀波には手のつけ様がなかった。結局、成功したのは、懐中電燈に赤いゼラチンペーパーをかぶせて照し出した、夕焼ぞらであった。

その他に、私は「アラビア魔宮殿」「月世界旅行」等を企てたが、どれも只の舞台面以上に発展しなかった。何故って考えてもごらん。私は自分のキネオラマ館において、糸を引っぱり、ハンドルを廻し、旅順港の場合ならば、洋服箱に入れた小豆《あずき》を左に右に傾けて、ザァーザァーと波の音を出さねばならないのだし、花火も鳴らさなければならない。その傍《かたわ》らに楽隊を奏し、見物客への口上を述べる必要がある。そんないそがしいことが自分一人でできるわけがない。只こんなキネオラマへの熱中を、私の家の書生が見て、彼は横書きの五字を逆に読んだのか、「マラオネキ」を繰返して、ゲラゲラと笑っていたことが思い合わされる。

「月世界旅行」は湊川公園の小屋掛けの外観にも見かけられた。私は観ていない。それは父から聞かされた「ノアトン氏の月世界」即ち舞台面に大きく拡がってきた円形の中から大勢の女の人が現われてダンスする以上ではないと受取られたからである。私はメリエス氏やパテェ兄弟[14]のフィルムで見た「月世界」に憧《あこが》れていた。酔払いが煙突のきれはしにつかまったり、天文博士がシャボン玉の中へはいったり、又、一群の学者たちが巨きな大砲のタマの中に乗組んだりして出発し、フワリと星だらけの虚空《こくう》にほうり出される感じが何ともいえなかった。そういうものはしかし、私の手に合う代物《しろもの》ではなかった。

昔なつかしいパテェ会社のマークの赤いオンドリ[15]は、快漢ローローの頃には、すでに「アメリカパテェ」として、羽ばたく本物のトリの実写と入れ換っていた。これは何とも残念なことである。先日、私の読者である埼玉県大宮の大学生が、パテェの初期のマークのコピーを送ってくれた。それは（パテェフィルムではなく）パテェレコードに付いていたもので、名古屋の亀山巌(16)さんに見せたところ、「ピカピカ青金色に輝く尾羽根、頑丈な脚と蹴爪《けづめ》、教誨師《きょうかいし》のごとく心の底まで覗き込むような丸い目、音吐朗々《おんとろうろう》と朝を告げる自信ある鳴き方云々《うんぬん》」と賞《ほ》めてこられた。そんな堂々としたオンドリも、今日ではアメリカ渡来の人工の肉鶏と入れ換ってしまったというわけである。亀山夫人も、彼女は名古屋でトリ料理店を二軒持っておられるそうだが、私が送ったパテェ雄鶏《おんどり》について、「立派なトリですね」と感心しておられるそうである。

パテェ兄弟はパリでトリ料理店をやって、繁昌《はんじょう》していたが、リュミエール(17)のシネマトグラフを観て活動屋に転向したので、あの雄鶏のマークは実はカシワ屋の看板だということである。彼らは他にレコードを売り出したが、この方は日本では知られていない。パテェレコードは縦振動でサファイアボール(18)が使用されている。シナ人は一回毎に鉄針を取換えるのが不経済だとあって、パテェのレコードを好んだ。それに発売許《もと》の「百代公司」の名がよかった。ヨーロッパではパテェと呼ばずに、Coqの名で親しまれている。折角《せっかく》の立派なオンドリがいつのまにかブリキ製の風見鶏に模様替えをしたことについては、あちらでも残念がっている人士が多いとか。

3　摩耶山《まやさん》幻想

私が、当時神戸東郊原田の森にあった関西学院中学部へ入学した時、校舎は完成したばかりであった。それまでは、正門をはいって右側の、その後は高等学部として使用された英国風の三階館が中学部だったのである。

新校舎の木材はすべてカナダ産とやらで、それらは十月《オクトーバー》に入るなり紅と黄と褐色の見事な大饗宴《きょうえん》を打ち拡げる筈である。異国の木々の香り、三角屋根をおおうた赤いスレート、その斜面に居並んでいる教室毎のレンガの煙突、屋内はペイントとワニスの匂いに漲《みなぎ》って、初めて中学生となった私の感覚をそそり立てたものだ。

私の教室は二階南側にあったが、北側の図画教室や習字教室には、北向きの真四角な採光窓が付いていた。教室の壁はクリーム色で、この上方にワニス塗の横桟《よこさん》があって、天井は白であった。北向きの採光窓は宛《さなが》ら活《い》きている額縁であった。そこには、背後の摩耶山の一角がカットされ、アカマツが疎《まば》らに置かれた芝地を、雲々の影がひっきりなしに匍《は》い上っては、その向う側に吸い取られていた。私は何いうこともなく、その柔らかな緑の斜面に、日光を受けて燦《きら》めくヨロイを描いていた。勿論かずかずの武具や旗さしものがそこに参加していた。かつてこの山が戦場になったと聞いていたことの反映であろう。でも摩耶山の合戦とは何か？　嘉吉元年六月二十四日、赤松入道満祐《みつすけ》(19)、京都館において将軍義教《よしのり》(20)を殺し、郷土播磨《はりま》へ走ったのち、大軍の追手が西に向ったことを指している。

赤松一族の誰やらが要撃すべく摩耶山に陣をかまえた。これは映画の戦争場面のような子供騙《だま》しでない。摩耶山下から西ノ宮、尼が崎方面にかけて敵身方の戦死体が累々《るいるい》と横たわり、そのあいだに隙間《すきま》がなかったというから相当なものだ。こうなると、赤松勢のヨロイや武具が、学校の北向き採光窓がカットしている芝地で、日光を受けて煌《きら》めいたなどとは少し可笑《おか》しい。つまりそんな高所で戦闘が行なわれるわけはない。又、何用あって重い武具を身につけた軍勢が、そんな急斜面を往復する必要があろう。

当然として、ワニス塗の額縁の中に赤松軍を描くのは間違いだということになった。それは白墨消しによって抹殺された。入れ代って登場したのが「魔の城」である。

山上の天上寺《てんじょうじ》からゴーン、ゴーンと鐘の音が、春の紫ばんだ空気を細かく顫《ふる》わして伝わってくるお昼前など、自分の頭の中に西欧的イメージが存したことが思い合わされる。何故なら、鐘は即ち梵鐘《ぼんしょう》だと気が付くと、インドのお城や精舎《しょうじゃ》が現われ、これが西洋の城や宮殿に結び付くのは自然だからである。しかし実際は級友が作った数行の詩の影響である。霞《かすみ》に包まれた摩耶山の向うに魔の城があって……それが何とかして……何とかだというのだったが、その感じは確かに自分の裡《うち》にもあったのである。

ここに一つのお伽噺《とぎばなし》があった。たぶんドイツ辺りの民話の翻案のように思われたが、自分が雑誌「少年」のページで読んで憶えているのは、次のような主旨であった。

ある所に、三人の姉妹とそのお母さんが住んでいた。姉の二人は母親と結託《けったく》して、いつも末娘の「小糸」をいじめていた。「小糸」はハタオリの名人で、人々からほめられていたのがしゃくにさわっていたのである。ある日、意地悪の姉たちは妹を摘草《つみくさ》にさそい、隙を見て小糸を川の中へ突き落して、帰ってしまった。小糸は流され、しかし無事に、夜叉姫《やしゃひめ》の御殿の泉水にまで導かれて、命ばかりは助かることになった。彼女はそれ以来、夜叉姫の館に女中として働いていたが、ある夜、大広間の片すみに立派な機《はた》が置かれているのを見て、思わず駆け寄り、有り合せの銀色の糸を使って、威勢よくトントンパタリ、トンパタリ……時ならぬ夜更けのハタオリの音に館には大混乱が起こった。魔物どもは顔色を変えて、何事とばかりに夜叉姫を先頭に、侍女やら家来やらがぞろぞろと行列を作って、大広間へやってきた。ところがみるみる、涼しい歌声を張り上げて一心不乱にオサを右左に飛ばしている小糸の手許《てもと》に惹《ひ》き付けられ、銀糸の中の模様と化してしまったのである。王様はこの由《よし》を知って、日頃持てあましていた夜叉姫を退治してくれたとあって、小糸に過分なほうびを与え、彼女は出世の糸口をつかまえた。めでたしめでたし。

私はこの童話のテーマを、春霞に包まれた摩耶山のかなたの「魔の城」に結び付けた。即ちある日、魔の城の王様が大勢の家来をしたがえ、行列を作って山から降りてくるというのである。彼らにいったい何用があったのかは知らないが、まだその用向きを果たさないうちに、麓《ふもと》の住家か小屋かに近付いたとたん、涼しい唄声《うたごえ》と共に始まった小糸のトントンパタリに、電気に触れたように引っかかって、これもみるみるうちに銀糸の中の模様として、つかまってしまった！

魔の城の王様の行列は、いつか活動写真で見た「アリババ」の一場面と取換えても差支えなかった。そのフィルムの中に、鳶色《とびいろ》の大きな岩々が打ち重《かさな》っているつづら折を、山賊《さんぞく》どもが馬を曳《ひ》いて降りてくる所があった。彼らは青やピンクや赤のよそおいをしていた。「パテェカラー」は上品な、落着いた色彩として評判であったが、現今見られるようなカラーではない。極めて面倒臭い話だが、フィルムの一コマ一コマが紙型を当てて、丹念に細筆で彩られていたのである。したがってそこに使用されているピンク、紫、青、赤等はいったん拡大されてスクリーンに投じられると、そのおのおのが持場のりんかくからはみ出て、恰《あたか》も水中のヒドラ[21]の運動にも似た、勝手気儘《きまま》な色彩ダンスを演じるのだった。

こんな着色山賊の一群でもよかった。この良からぬ輩《やから》は、山合いのギクシャク道を下りてきて、やっぱり麓の家に近付くなり、小糸が操るハタオリに吸い込まれ、銀地の中の盗賊模様にならなければならなかった。

☆

摩耶山上の天上寺へ、私は一度、何の変哲もない急な山道を伝って登って行ったことがある。お寺の本堂の前に立ち昇っている雲のような香煙におどろいた。ではそこからの展望は……これは勿論すばらしい。眼下の海は、ビリヤードの緑色のラシャのように、その所々に大小の船々をばら撒《ま》いて、平べったく一面に、一つのしわも見せないで打ち拡がっていた。自分は、その水平線上からの月の出を頭に浮べていたように憶えている。その月は、冬ならば生駒《いこま》山の北から、夏にはずっと南寄りになるのであろうが、どっちにしてもそこには陸地が邪魔をしているので、「海から昇る月」ではない。でも私はムリにも、すぐ眼の先の水平線から差し昇る月として、それを捉《とら》えたかった。パステル画、水彩、油彩、切紙細工、今日に到るまでいろんな変奏曲として、自分の頭の中に残っている「月の出」は、ここに根拠を持っている。

月といっても普通の円盤《ディスク》でない。いわば輪切り大根のようなもの、もしそれが水平線から背だけを見せていたならば、カマボコの一片といった所だ。赤いカマボコの切れはし。したがって海面の波もその一つ一つが積木で、上面は赤く彩られている。私はこの構想を、奥平野の川岸にある友人の家の地下室で絵にしたものだ。「地下室」というわけは、その家は川堤《かわつつみ》を利用して建てられていたから、玄関を入って階段を降りた所が、つまり一階だったからである。この薄暗い所に据《す》えられていたイーゼルに向って、最初の「月の出」の筆を取ったわけである。カンヴァスは友だちのお古を使って、すでに描かれていた風景の上に描いたわけである。描き上げたばかりのナマナマしい絵を、注意しながら元町の文華堂へ持って行った。この画具店は、前に私の描いた未来派の「バルコニーの女」「空中世界」「石膏《せっこう》細工の傷病兵」などを、その窓に出していた。自分はそれらが行人にどんな反響を及《およぼ》すだろうと愉《たの》しみにしていたのに、わずかに只の一夜を窓の内部で過したのみでいずれも姿を消してしまった。買手は会下山《えげやま》の下に住んでいたアスベスト商社の若い主人、菱谷文七（小林茂政）である。朝日支局の何某を向うに回して恋を争い、フランス帰りの美女画家、中村ヒトミを射とめたという艶福家《えんぷくか》である。

こんどの「月の出」も忽《たちま》ち窓の中から消えた。買いぬしが菱谷文七であることはいう迄《まで》もない。只「月の出」が人目にさらされていたほんの短かい時間に竹中郁《いく》(22)が通りかかった。彼は私の絵に何か特別の印象を与えられたのか、その後よくこの絵のことを彼の文章中に持ち出すようになった。先年、明石の木村栄次が私の「明石」の再版を作ったが、その折りに郁さんは自発的に数枚のカットを描いてくれた。その一つに「月の出」が取り上げられている。堀辰雄(23)がやってきた時も、竹中は客人を案内して、文華堂の前を通りながら、「月の出」のことを説明した形跡がある。彼はついでに堀を元町横丁に伴うて、「ここはイナガキタルホがよく五加皮《ごかひ》の(24)立飲みにやってくる所だ」といって、そのシナ人の食料店を紹介した。酒場でも飯屋でもない、砂糖づけの果物や赤い袋入りの燻製《くんせい》や、そんなごちゃごちゃした商品を並べた只の店先である。只その日、店頭の柱に、「江南一枝春」と記した赤い紙が貼られていた。この次第を郁さんから聞いて、私は面白く思った。毎年二月頃になると、いまの一句を紅唐紙(25)にスミの字で書いて、我が居室の柱に貼り付けるようになった。今年もその通りだった。しかしいまはもう剝《は》ぎとられている。すでに青葉の季節だからである。

（一九七一年七一歳）

ガス灯へのあこがれ

かつて私は、電灯の中には不思議な工場があり、ガス灯の中には、円錐帽《えんすいぼう》をかむった哲学者が棲《す》んでいると考えたことがある。

私の「星を造る人」という短篇は、神戸の元居留地を舞台にしているが、そこにはたくさんガス灯がならんでいることになっている。あの界隈《かいわい》に自分はガス灯を感じたので、そのように書き入れたのであるが、実際にはガス灯が取り去られてからすでに久しくなっていた。

私は、ガス灯の下方にＴＡＲＵＨＯと入れた小さなゴム印を作らせ、これを著書の検印に使ったりしたので、ガス灯についていろいろと話してくれる者がいた。

「僕の近所にガス灯が残っていますよ」

そんな耳寄りなことを聞いたので、出向いてみると、なるほど電車を須磨寺《すまでら》前で下りて、山手へ登って行く段々にそうて、三、四本の小さなガス灯が立っていたが、これらはただガス灯型の照明にすぎなく、内部には電灯が点《とも》るだけの話であった。

しかし神戸に残っている本当のガス灯に、私は一度行き合わしたことがある。

ある晩、新開地の朝日館を出て南へ下ると、兵庫へ続く広い通りを、人々が火事だ火事だと云って走って行くので、自分もあとを追うた。西へ西へと進んだがなかなかである。とうとう現場にきたが、火はすでに消えていた。それも全焼でなく、小さな倉庫の内部が焦《こ》げたという程度であった。ここから電車道をつかまえようとして何やらレールがあって、倉庫やタンクが立ちならんで、人影が一向に見えない、造船場の構内めいた淋しい場所に迷い込んでしまった。この広場のまんなかに一つ、昔大阪の中之島辺りで憶えているガス灯の青い目が光り、傍《かた》えのレールの上面に反射していたのである。なんだかゲオルグ・カイゼル(1)の舞台面に立っているような気がした。この区域を抜けて北へ北へと道を取ったところ、板宿《いたやど》に出てしまった。

東京では一度、あれは大正十年頃の話であったが、宮城《きゅうじょう》うらの英国大使館辺りを電車で通っていた時、雨の中に数本のガス灯が立って、それぞれの周りを落ちている雨つぶを光らせていたのをうつくしいと見た憶えがある。上野公園のガス灯の下に差しかかると、突然灯が消えて、上方からどさりと落ちてきた蝙蝠《こうもり》のようなマントーを羽織った人物が、「今晩は留守だよ」と云いさまスタスタと坂下の方へ行ってしまった。これは友人沙良峰夫(2)の即興の小話だが、もう昭和にはいっていたから上野のガス灯も姿を消していた。

私の「一千一秒物語」は大体として神戸三宮の山手の夜の気分に醱酵《はっこう》している。私は関西学院中学部を出て上京に至るまでの数年間、毎晩のように平野方向へ遊びに出かけ、真夜中すぎに友だちと共に、時に泥酔状態で、時にはナマ殺しの半酔で、北野町あるいは山本通を通って帰ってくるならいであったからだ。一千一秒物語の照明装置にもやはりガス灯が用いられている。これもその方が効果的だと考えたからで、たとえ室内灯としてもガス灯なんかもうどの家にもなかったであろう。

その後、友だちが豆ガス灯を持っていた。どうしたのかときくと、商店の飾窓の内部に見付けて無理にゆずって貰ったのだと云う。なるほど自分も飾窓の隅にそれを見たことがあった。子供のおもちゃではなく、営業附属品として作られたものだったわけだ。これは青い豆電球で光らせるが、机の上に置いて部屋の明りを消すと、眼の前が夜の公園のように見えて、愛人同志の会話の行きづまりなんか直ちに解決がつくそうであった。この友だちは小説をかいていたので、彼も商売用にこの卓上ガス灯を買い入れたことになる。

小さなガス灯は私のものになったが、自分は別に豆電球や電池を用意したわけでない。それは近くの喫茶店の女の子にくれてやった。彼女は新らたに準備をととのえて、クリスマスの晩にこのガス灯をスタンドの上で点して、あとは明りをみんな消して、みんなの喝采を博したということだ。

先の一千一秒物語の中に、「ガス灯と格闘した話」がはいっている。

それからは四十五年が経って、この数年前のＴＶ「世界のサーカス」の中に、本当にシルクハットに燕尾服の紳士がガス灯と格闘を演じる番組が出てきた。

スウェーデンのスコット・サーカスだったと思う。座員のチャーリーさんは、三十五年前のある夜、酔払っての帰途に、シガーの火を借りようとガス灯によじのぼったのがきっかけになって、この新芸当を考案したのだということであった。彼は、大天幕の内部に仕つらえた、高い、くねくねするガス灯のてっぺんで、ハラハラヒヤヒヤする演技を見せるのである。

こんど三宮ライオンズクラブと神戸市との協力で、大丸前に懐かしのガス灯が立ち夜々に光ることになったとは、何という有難《ありがた》いことであろう。港祭のような馬鹿げた催しにくらべて、こんなのこそ真の神戸文化というものである。

（一九六七年 六七歳）

グッドナイト！　レディース――TOR-ROAD FANTASIA

　ルビー色のクラレット(1)に、エメリー色のスタウト(2)に、さては金色のスパークリング・ワインに、そうして又、リットル・セアター(3)の舞台に於《お》ける球と六面体から成立った紳士の直角ダンスに時刻は移ろって、青き夜は幼きキリストの手に弄《もてあそ》ばれる地球儀の徐《おもむ》ろな廻転のままに更《ふ》けてきた。終電車は一日の敗残のともがらをd、b、q、vの形に疎《まば》らにクッションの上に収容したまま、ポールの先から緑色の火花を零《こぼ》して、軌道のまんなかに青緑色に光るしずくを落としながら、東西の車庫へ帰ってしまい、神父様はやおら黒いガウンの裾《すそ》をまくり上げ、葉付き人参《にんじん》を逆様におしりへ差し込んでから、やおらにテーブルのおおいを取り、石膏《せっこう》細工のエルサレム(4)の上に青電気の月光をお当てになる。

鉢植の棕櫚《しゅろ》の葉蔭に純白の胸や、杏《あんず》色の背中や、絹張りの臀部《でんぶ》やらが、無数のボットゥル(5)とグラスに入りまじり、青い光に砕けて魔宮のように渦巻いている場所を抜け出して、夕刻に下りてきたアスファルトの坂道を再び山ノ手へとテクって行く時、港の都会の中ぞらには童貞の月が照って、街上にはびこる白いものが疎らな星に向って物云いかけながらステップを踏んでいる。いやこれは「サフォ」(6)の作者の云い方であった。ボクは、“Goodnight! Ladies”のこの刻限、いつかの映画で観たように、ヴェニスの館の飾りつき鉄柵《てつさく》の門を出て、ちびくれた石段を幾めぐりしてゴンドラまで降りて行った連中のように、こちらも縞《しま》の仮面をつけ、黒マントーの裾をからげ、ピーター・パンや猫や蜻蛉《とんぼ》や、道化共や、山羊《やぎ》の脚をした手合までも引き連れて、裏梯子《ばしご》を伝ってモータボゥトに乗り移ろうとした時、木星族ポン彗星《すいせい》が近付いている夏至近い深夜の空が、倖《さいわ》いにして曇っていなかったならば、換言してそこが下町の反映を受けて合《ね》歓《む》の花色に染っていないとしたなら、こんな折こそ、われらの頭上は申し分のない「六月の夜の神戸の空」ではなかろうか？　私はこれを云いたかったのだ。

　見たまえ！　一日じゅう責めさいなまれ、こづき廻《まわ》された海岸寄りの高層建物たちは、さすが重荷に堪えかね、いがみ合う気力も失《う》せ、互いによろめきかしいで、吐息まじりに眼には見えぬ放電を交わしている。こんな始末であるならば、裏山の花崗石《かこうせき》の低い垣と鉄柵に囲まれた芝生に、色とりどりの花々に飾られて昼間は狸寝入《たぬき》をしている十字架や平石たちも、いまは互いの本性を顕《あら》わして、――そうだとも！　なんでこんな罰当りな猫被りどもに安眠が差し許されよう。虫も殺さぬ顔をしてお高く取澄ました石碑としたことが、相互いに顔負けするような吸引と反撥《はんぱつ》の火花を散らし、此処《ここ》を先途《せんど》とばかり彼らの「生」を貪《むさぼ》っている。さてこれとは反対側に、ずっとかなたに拡がっている水平線はと見れば、その左寄りに頻《しき》りに雲を焼いてイナビカリがしている陸影を載せ、(7)それぞれのケビンから淡い灯影を洩らして放心している大小の碇泊船《ていはくせん》を散らばらせた港内を前景に置いて、大斜面を占めた危篤状態の模型都市もろともに、恰《あたか》もそんな巨大なテーブルを傾けているかのように、おもむろに東に向って廻転していたのが、いまは直立してしまった。ちょっと待て。絶壁となっていたのは宵《よい》の話で、いまこそ完全にアップサイド・ダウン！　裏返しになっている。何故《なぜ》なら、赤ばんだ半月は既にこの模型台の端っこにおし付けられているからだ。

この逆様になった盤面に、ぎらぎらまなこのセダンやリムジーンが同じく逆さに吸いつき、このような錯綜《さくそう》した面上に縦横に引かれた溝にそうて、格別落ちもしないで、忙《いそが》しげな蟻《あり》の如くに左右に行き違い、はすかいの近路《ちかみち》を採ったりしている。こんな修羅場のさまに引きかえて、ふところうべを上げて仰いだ処は、まあ何という事か！　かの暗碧《あんぺき》の大空は、この汗ばんで寝苦しがっているまんまるい地球を抱こうとでもするかのようにのしかかって、星々はその座を乱したのであるまいかと怪しまれる程、ファンタスティックな物狂おしい位置を採ってきらめいている。あの未来派の驍将《ぎようしよう》マリネッティ(8)が、「吾等は世界の最先端に立ち、星に向って戦いを挑《いど》もうとする」と云ったのは、こんな夜のことでなかったろうか？

ポン彗星が今頃どの辺まできているかは知る由もないが、あそこに黄色く光っている土星の内部では、いましも長い髯を生やした哲学者が分厚い本をとじて伸びをしながら立ち上り、彼の球形の住いのドアをあけて出てくると、カントもどき(9)に両手をうしろに組んで、何やら思案しながら、環《わ》の上を行ったり来たり散歩しているけはいがする。いずこからか湧《わ》き起った“'Two step Zaragoza'”の旋律を合図に、一箇の真鍮《しんちゆう》の砲弾が天頂に飛来して、宙ぶらりになるなりパーッと砕裂して、中から飛び出した新らしいタマが、くるくると踊り狂って、*The red comet city* と花文字を綴《つづ》るのは、こんな時刻だ。ああわれらの六月の夜の神戸の空!

（一九六三年 六三歳）

工場の星

西のかた、浅野造船場(1)の宵ぞらに、ベツレヘムの星のように光っているのが、金星だ。これが最も明るい折には地上に物象の影が曳《ひ》かれるという事実を、私はこの数年来、警報下の真の闇中にあって初めて経験した。そんな時、頭上にえんえんと、天《あま》の河《がわ》が切れ目もなく地平から地平へ亘《わた》っているのを知った。「宇宙を支うる柱の如く、そのたゆとう光もて貫きつ、天の河はいとも真白に輝き出て、ひじりたちにも不可思議を覚えしむ」と神曲の作者がうたっている、あの姿である。

宵の天は青味がかっているが、真夜中過ぎになると、羅紗紙《らしゃがみ》に似た鉄色となり、そのおもてに鏤《ちりば》められた星が、宝石の屑《くず》のような色とりどりの趣きを呈する。このことも、運河べりの工場の防徹の夜に私は気付いた。凍《い》てつく一月の夜半、真黒な大きな建物と、その上方に散らばっている赤や青や緑の星屑とが、夜の色調を扱うに巧みなドイツ画家の制作にあるような対照を織り出していた。三つ星をバネにした巨大な蝶番《ちょうつがい》のオリオンは西に傾き、その下方に大狼星《シリウス》が青味を帯びた松明《たいまつ》を掲げ、西欧名家の紋章を想わせる獅子座《しし》は既に東から駆け上っている。前年のいま頃に、獅子の前脚の爪のそばにあった木星が、もう尻尾《しっぽ》を離れた所に光っていて、更に東に距《へだ》てて赤く瞬いているのが火星である。オリオンの東に二つならんでいるのがカストルとポルックスの兄弟で、この下に、獅子と大犬とのあいだに鎌首をもたげているのが海へびである。これが、獅子、コップ、からす、乙女《おとめ》、天秤《てんびん》の諸座にかけて、百度に亘る長い図体《ずうたい》を持ち上げてくると、「彼ら天上の花々は殆《ほと》んど霊的な光を下界に降り灑《そそ》ぎ、人は幼児の如く、大いなる地球は玩具にさも似たり」とエマソンが詠《よ》んだ北半球の春の宵となる。心やさしい人は、北斗の柄《え》を延長した辺り、エホバの星アークトルス(2)をおいて、二つ目に燦《きら》めいている乙女座スピカの清純な銀光に、心を打たれねばならない。

先《ま》ずオリオンあたりからボツボツ憶《おぼ》えられることをお奨《すす》めする。星図に出ている所を、お椀《わん》みたいに頭上におしかぶさっている天球面に移すことは少しむつかしいが、根気よく手がけていると見当が付いて、黄道十二宮なんか憶えることは直《す》ぐだ。おも立った星座は二十箇くらいだから、せめてこれを卒業済みにしなければ、この遊星上の住民だとは云えまい。世界地図を見てどこが何国だか指せない者はまず居ないであろう。夜毎に頭の上にくり拡げられている活きた宇宙図にちんぷんかんだとしたら、少し可笑《おか》しいでないか。手引きとしては野尻抱影《のじりほうえい》(3)氏の幾つもの好著がある。それというのも、同氏が何十年間も身を以《もっ》て星を愛し続けてきたことが物を云うので、この意味でも世界にめずらしい星のハンドブックである。プラネタリウムは云わば精巧な玩具で、本物の天とはくらべられない。都会の夜も、やがて以前にも増して明るいものになってしまうであろう。どうか折角夜が暗いうちに、あなたの見識を宇宙的に深く、豊富にするために、星を手に入れられんことを！

"THINGS TO COME"というのは、片道切符の上京（もう帰るべき家郷がなかったからで、それもすでに十年の昔になる）の直前に、神戸の三ノ宮神社境内の常設館で観た、H＝G＝ウエルズ原作のフィルムである。全世界が戦禍によって廃墟《はいきょ》となり、悪疫《あくえき》が流行する……いつしか地下の街々が出来て、文明が甦《よみがえ》る。ふたりの科学者（令嬢と青年）を載せた月ロケットが、燃殻《もえがら》を落して、星屑の奥へ縮まって行く所で終る。タイトルに曰《いわ》く、「最大の生活とは死に隣する生活である」

このおしまいの場面には、今度ニューメキシコの沙漠《さばく》をこの世ならぬ鮮やかさに浮き上らせたウラン爆弾の閃光《せんこう》と共通したものが、覚えられる。夢と現実——現実と夢と互いに追っかけっこをしてきた人類に、今や天体旅行の動力問題に見当がついたからだ。

神楽坂上《かぐらざかうえ》を焼け出されて、私は池上徳持《いけがみとくもち》に移り、六月末になって登戸《のぼりと》へ越した。しかし、此《こ》処《こ》の谷間に建設中の疎開工場で私の役目がきまらなかったので、毎日、稲田堤《いなだづつみ》の農家の二階から元の鶴見海岸まで通勤していた。一夜、八王子の火焔《かえん》とそれに照らされた乱雲とを奇怪な名画のように眺めた。数日をおいた真夜中に、通勤中の鶴見海岸の工場地帯に間断なしに閃光が立っているのを遠望して、横浜の弘明寺《ぐみょうじ》に引越した。この二週間中に正午のラジオを聴いた。翌日更に池上の先の雪《ゆき》ヶ谷《や》に越した。此処に会社の寮があって、その裏庭に飼われているヌートレア(4)という小動物を世話するためにである。夕方に屋上の看視所へ登ると、九十九谷《つくもだに》のそこ此処に、もう何の憚《はばか》るところもない橙《だいだい》色の灯影がきらめいて、私はそれを、幼年期に見た舶来《はくらい》絵葉書の風景のように感じるのだった。紫紺に変りかけたコバルトブルーの中空には、白い月が懸《かか》っていた。天体はいつも同じである。又、茜《あかね》色のたゆとう地平のコニーデ式(5)大円錐《えんすい》や、それを取り囲む山々のシルエットも昔通りであった。こんな時に、先日、「あなたは原子爆弾をどう考えるか?」と、あるカトリック紳士に訊《たず》ねられたことを思い出した。

悪魔は遊星を指先で廻し、あるいは全宇宙を巧みに説明するかも知れないが、われわれの自由まで奪う力は持っていない。だから、神は、人間を試すために、悪魔の誘いは別に禁じていない。悪魔も又神の大経綸《だいけいりん》(6)に参与している。原子爆弾は神の意志か、あるいは神への反逆だなど云うのは、未だ神を人間的に観ているからである。

私はいま青梅《おうめ》線の中神《なかがみ》にいる。紫雲英《れんげ》の花輪を首に掛けたわらべらが遊び、フェアリーランド的な丘々が向うに連《つら》なり、東京も此処にくるとさすがに「田園の憂鬱《ゆううつ》」である。欅《けやき》の並木のあいだを曲りくねっている村道、そのかどにある居酒屋、食糧恢復《かいふく》を待ち遠しく思わせる茶店、馬鈴薯《ばれいしょ》の花、桑の若葉等々がある。住いは駅から十五分間、小さな廃駅の終点ぎわの、瓦《かわら》工場に隣り合った建物であるが、此処には隣組やアパート族の喧《やか》ましさはない。野中の一軒家の感じである。宵の明星がまたもやきらきら光り出し、木星もあれ以来だいぶ移動したことが判る。東京への往復に骨が折れて、真暗な野径《のみち》を戻ってくると、ぶっ倒れたように同居の画家の絵具箱を枕《まくら》にして、眠ってしまう。その代りに、目ざめの朝々は新鮮である。それだけに、これとは対蹠点《たいせきてん》にある暗い考えも頭を擡《もた》げがちである。部屋のあるじの画家が持っている文庫本のヒルティーを披《ひら》くと、いまや教養社会は享楽に精根をつくすことと、厭世《えんせい》主義とを交互に経験する有様だとして、現在に必要な三つの確信を挙げている。一、美的世界観の無意義なること、二、宗教から独立して道徳の成立しないこと、三、歴史的ユダヤ的キリストの真理なること、――しかしこれを裏返した方が、(キリスト教的でなく)キリスト的なのであるまいか？　即ち美的世界観のみが信用出来る。道徳は宗教から分離させねばならない。歴史的キリスト教の誤《ご》謬《びゅう》(7)なること。

(一九四六年　四六歳)

飛行者の倫理

十七世紀後半期に、フランスのサブレーの鍛冶屋《かじや》さんベスニエ(1)が、両端に蝶番《ちょうつがい》式の羽根をつけた二本の棒を担って手足をパタパタやって飛んでいる絵は、大抵の人が知っていよう。ある女性が云うのに、「ベスニエが真裸で実験している絵はすてきです。飛ぶということがもともと翼の形で肉体と密接すべきだという暗示がここにあるように感じます。完成された飛行機がつまらないというような点……」

映画「ヒコーキ野郎(2)」を観た人は、最初に出てくる飛行装置がいずれも人間の筋肉と結び付けられていたことを知るであろう。最も純粋な意味ではここまでが「ヒコーキ」であり、あとは「歴史的技術的航空機」として、もはやロマンティックな冒険の範囲を逸脱し、人間の本質にとって極めて危険なるものとして置かれることになる。

先日、亀山巌さんから“THE FIRST WARPLANES”という冊子が届いて、別の文面には次のようにあった。「風邪がまだぬけきらぬので往生しています。けさ丸善をのぞいてみましたらこんな本がありましたので送ります。〝男爵《だんしやく》とその紳士たち〟というようなシャシンがあります。飛行機はたしかにFirst warで消失したという印象を新らたにしました。御約束のヒコーキ野郎のパンフレットは少し低級すぎるのでやめにしました。ではまた――」

　これだって遅すぎる。私に云わせると、ライト兄弟から十年間、第一次大戦までが飛行機の「花」であった。即ちアンリ・ルソー(3)の風景画に見られるような飛行機飛行船の時代である。これ以後エアロノート(4)は夢と精神性を見失い、ひたすらに破局への漸近線《ぜんきんせん》上を驀進《ばくしん》する一介の機械に成り下ってしまったようだ。

　一九四三年十二月十七日、ワシントンでは大統領主催の下にキティーホーク(5)四十年記念祝賀会が催されたが、この晩、主賓オーヴィル・ライト(6)はスピーチを拒絶した。この点について列席者の一人のユナイテッド・エアクラフト社長ウィルソン氏が述べている――

「あのあと控所にいた彼は、悪い奴が飛行機を歴史上最も致命的な武器に使用していると云って痛烈な悲歎《ひたん》を洩《も》らしていた。彼は飛行機に関するすべてのことを厭悪《えんお》していた。彼は兄弟で飛行機を発明したあの日を後悔していたのだ」と。

私にもこの気持がある。デイトン[7]近くのシムス・ステーションを根拠地としたライト兄弟は、白い乾いた鉄道線路に発生する上昇気流を利用して飛び続けた。又、カーティスはジャガ芋《いも》畠《ばたけ》の上では吸いつけられ、麦を刈った跡ではあべこべに突き上げられた。樹木の蔭を抜けるとふいにその方へ翼が傾いた。それなのに「ヒコーキ野郎」に出てくるクラシックプレーンは余りにも自在に飛び過ぎる、今やっている「ブルーマックス」[8]にしてもそうだろう。形ばかりのフォッカー[9]やパルツ[10]やモラヌ・ソルニエー[11]を作ったところで、エンジンが出来すぎているのである。あんな曲芸的な飛び振りは当時の飛行機には見られないことであった。所詮《しょせん》映画とは瞞《まん》着《ちゃく》[12]の芸術である。

私が子供の頃、毎秋に「シュナイダーカップレース」という水上機の国際速力競技会があった。海面が選ばれたのは、陸上では広大な滑走路が得られなかったからである。この呼び物のレースは数年目に取りやめになったが、それというのもいったん事故が起ると機体は木葉微塵《こっぱみじん》に飛散して、搭乗者の遺体も回収されないという始末だったからである。第二次大戦後の寵児《ちょうじ》であるジェット機は、ちょうどシュナイダーカップレースの専用機を大がかりにしたもののように思われる。

子供の頃、紙片で折って飛ばせるトンビに二種があった。一つは浮揚面が広く取られて、ゆっくり旋回したりピッチング[13]を演じたりしながら徐《おもむ》ろに接地する。他は葉書のような固い紙で作った矢形のもので、これは空気の座蒲団《ざぶとん》の上に載っけるというよりはむしろ槍《やり》投げ式に投げるのであるから、少々の風は突き切って行くが、最後は地に突刺さるか蜻蛉《とんぼ》返りかである。

ジェット機は後者の矢形トンビに似ている。紙製のトンビでは先端がひしゃげるだけであるが、こちらは下手にぶっ付かれば乗員の頸《くび》の骨は折れてしまう。こんどのＢＯＡＣ[14]の場合だって、持前の「矢形」に信頼して、貨車も抵抗しがたいような竜巻的乱気流の中に飛び込んだのが運のつきであった。

ニュース映画で観る母艦上の発着がいかに離れ技であるかは誰もが知っている。高速旅客機のパイロットらは、あの軍人曲芸師と本質的には何ら差違のない任務を日夜強いられているわけである、どんなに設備をととのえ誘導を十全にし、自動安定装置を取付けたところでいよいよのところは判断とカンである。何より先に幾段ものそなえがあるということそもそもが、それだけ危険なものであることを表明している。

あの「矢形」は、もう鳥でない。あれは悪魔の尻尾を想わせる。鳥類ですらその負傷は接地接木の時に起っているというのに、音速的スピードで平衡《へいこう》を保っている数十噸《トン》の矢が失速的状態に陥ることは即ち墜落粉砕である。首尾よく滑走路を捉えてパラシュートを引き逆噴をやったところで、いったん道を逸《そ》れたならば、これも昔日のプロペラ機が鶏小屋にぶっつかったどころの騒ぎでない。自称航空評論家連が末葉についてどんなお喋《しゃべ》りを重ねようと、「矢形」にたよっている限りいつかは「あッしまった!」である。あらゆる文明の利器はその概念の性質として「あッしまった!」を宿命的に背負わせられている。

こうしてジェット機の操縦者らは、「日に三度、鉄湯あるいは赤熱の鉄丸を呑み込まねばならぬ」天狗道の苦患に置かれている。ジェット機の快適というのも、もともとアウエルバハの窖《あなぐら》(15)における美酒であってついに仮現に他ならない。あらゆる「便利なもの」は手段では有り得ても、目的であることは不可能である。魔女の厨《くりや》の大鍋は絶えず掻《か》き廻《ま》わされていなければならず、若《も》しも鍋が煮えこぼれたならば立ち所に火焔は床上に燃え立ち、当事者は焼き殺されねばならないのだ。「主の名に依らざれば徒労のみ」というのも、主の名によらざる一切は即ち「存在喪失」を意味するからである。

「旅は苦労の面白味」を踏みにじって、敢《あえ》て巨大な軽金属製の「箒の柄《ほうきえ》」を利用しようというのであれば、せめて内部の座席のまどろみにあって「荘子《そうじ》の胡蝶《こちょう》」(16)を夢み、以《もっ》てその非歴史性と「永遠の現在に安らいでいるもの」の加護を乞《こ》わねばならない。でなければ永劫《えいごう》の地獄行は必定である。

「困ったことはです。紳士淑女諸君、このわたくしは左翼保守主義派であるということであります。……というのはわたくしは昨日、自分はこのカテゴリーの政治家であるとはっきり決めたからであります。(笑声拡がる) それはともかくわたくしが第一にやりたいことは、一九〇〇年の昔に帰って行くことであります。(笑声拍手、大笑) わたくしは飛行機やスーパーハイウェーやモダン建築を全部廃止してしまいたい、（拍手）そして一九〇〇年の昔に帰って、それから再びやり始めたいと思います。つまり革命によってであります。（いよいよ盛んな笑声）」

（一九六五年五月二十二日、バークレーに於ける全米ティーチ・インで、「ジョンソンを告発する」の演題でノーマン・メイラー[17]が講演した時の口火）（一九六六年　六六歳）

空界へのいざない

これは、私が十九歳頃に書いた文章からの抜きがきである。今回、日本航空輸送の平木国夫さんが昔日の飛行雑誌の中にこれを見つけて、わざわざそのコッピーを送って下さったわけである。もって「なつかしの空中飛行号時代」を偲《しの》ぶよすがにして貰《もら》いたいと思う。

マジェウィッチというロシア飛行家が、某親王を飛行機に同乗させ、空中から不意に突き落として殺す目的で飛行を始めたが、彼はそのまま事なく着陸してしまった。まなじりを決して詰め寄った同志を前に、彼は愛妻に何事かを云い残して単身で再び飛び立ち、こんどは敢《あえ》て空中で飛行機をひっくり返して墜落、自殺を遂げてしまった。彼の最後の言葉は次のようである。「天空高く飛べる時、発動機の音を除いては何の声籟《せいらい》をも聴かず。今回余が同乗したるは僅《わず》かにして得たる一人の友なりき。彼がいかに残忍な性を持つと云えども、到底これを殺害するに忍びず」

ギネメ中尉はテーベー(1)持ちで、初め志願兵になろうとしたところ、五回まで失格したと云われる。そうなのに一度飛行家として空中に活躍すると、アスの中のアスとして謳《うた》われるに到った。又、ラタム(2)は六度の近視眼鏡を掛けながら、ブレリオ(3)と覇をきそって英仏海峡横断飛行に二度まで乗り出し、のちに仏領南アフリカで狩猟中に、野牛と格闘してツノで突き殺されてしまった。蟄居《ちつきょ》と憂鬱の所産だと云われていたデラグランジュ(4)は、いったん飛行機のハンドルを取ると鷗《かもめ》が水を泳ぐような神技の持主であった。彼の死は操縦の誤りでなく、世界最初の空中分解によるものであった。

こう見てくると、飛行機そのものに芸術家の親しみ得られる多くの要素が認められるが、事実、飛行機が芸術家自身によって取り扱われてきているのは、きわめて興味ある問題である。即ちアンリ・ファルマン(5)は巴里《パリ》美術学校出身の画家である。彼の同窓として彫刻家デラグランジュが居る。グラハム・ホワイトは音楽家で、ラタムは詩人であった。レオナルド・ダ・ヴィンチは空中飛行術研究の大先輩であり、近くはストリンドベルヒ(6)など飛行機に多大の関心を寄せていた。ダヌンチオ(7)の飛行機好きは世人のよく知る処であり、日本では滋野清武《しげのきよたけ》(8)男爵が上野音楽学校出であること、武石浩玻《たけいしこうは》の俳人であり歌人であり、且《か》つ詩人であったことは周知の事実である。

「天を慕《した》うのは芸術家の個性である」とラスキン(9)が書いている。煩雑《はんざつ》な地上生活に拘束されているわれわれは、快速な飛行機を自由の大空に飛ばすことを望んで止《や》まない。ちょうどそのように芸術家とは一般に鳥や雲に憧れ、それを詩に、絵画に、音楽に表現しようとする者である。空界に思慕を寄せた人々が、二十世紀の今日、この文明の利器に搭乗して雲際遥かに遊ぶということは、彼らの永年の慾望《よくぼう》だったことがよく判るのである。

フランス学士院のジャン・ダルゲー氏は、その著〝空中の未来〟の序文に、「人間の高速運動に対する慾望は、無常迅速な運命に根ざしている。限りある一生に限りない事業を成し、限りない快楽を得るにはどうしてもその運動速度を高めるの外はない。飛行機の進歩はこの本能的慾望に基くものである」と云っている。

「我等はプロペラの唸《うな》りが、翼の羽搏《はばた》きや熱狂する群衆の喝采にも似て滑走飛揚する空中飛行機の歌を高唱する」

これは、未来派宣言第十一箇条の終りにある詩人マリネッティの言葉である。文芸批評家カミュー・モークレル氏は、「飛行機は若い熱心な試みより生ずるあらゆる勇気を彼らに鼓吹《こすい》した」と書いている。

といって自分はなにも飛行機に関する冒険小説を書けると云うのでない。イタリアの小説の主人公は恋びとの胸に倚《よ》りかかって海の響きを聴いた。ロシアの文学には大地に接吻《せっぷん》する貴《とうと》い若者の心が描いてある。しかし、われわれはそれだけでは物足りない。ダ・ヴィンチはなぜ大空に憧れたのか？　ダヌンチオは何故《なぜ》飛行機が好きなのか？

「未耕地を耕すのは表面をかすめる耙《まぐわ》でなく、深く掘り返す犂《すき》でなければならない」ツルゲーネフ(10)は彼の長編の初めに記している。空中は、われわれの新しい領土である。われわれはあの想像力に充ちた紺青の処女の空へ深く突き入って行きたい。そこに故郷のような親しみを覚える日はおそらく来ないかも知れない。しかし大空は常に新らしく、われわれの理想郷として、そこから真に美しく清らかな新芸術のリズムは尽きずに溢《あふ》れ来るであろう。

天には魔のごとく翔《か》ける大商船が充ちている
紫の明るい水先案内は高価なヴェールをつけて降りてくる
天のどよめきを聞け……
亡霊の如き露は雨と降る
まんなかの緑の中にざわめく
国民の空中艦隊

(テニソン[11]「ロックスレー・ホール」)

(一九七〇年 七〇歳)

飛行機の黄昏《たそがれ》 1

ダ・ヴィンチが、フィレンツェの路上に拡がって行く雨水のしみを見て、この世ならぬ怪物に関する彼の着想を得た様に、最初の飛行家達も、鳥や昆虫や、また羽根の付いた植物の種子などを見て彼等の一等最初の機械を設計した。彼等はそれらのお手本に依《よ》って、何か知ら出来るであろうとは思ったであろうが、決してこれこれのものを作ろうなどとは考えていなかったであろう。即ちそこには念願のみが在った。或日《あるひ》機縁が熟してリンゴが落ちた！　斯《か》くて何物かがキャッチされた。——蝙蝠《こうもり》の様なエスノート・ペルテリ(1)、蜻蛉《とんぼ》そっくりなドモアゼル(2)、さては鳩《はと》型のエトリッヒ(3)などはそんな代表的なものである。

そうであるのに、世間一般の人々は努力が何物かを齎《もた》らしたのだと信じている。努力などとは、ショーペンハウエル(4)も云っている様に、凡《およ》そ暗夜提灯の前に立って歩く様なものであって、それは既に形の大体に決ったものを整備し開展するには役にも立とうけれども、今迄になかった、真に新らしいものを創り出そうとする場合には、何の寄与をも約束するものではない。——さてこの様なロマンチックな時代が過ぎて此処《ここ》に四十年！ 今やそのエアロプレーンなる言葉によく示されている風板式飛行機も、遂《つい》に行詰りに到達したかの様である。

大飛行船建造の計画はないでもない。けれどもこれは軽気球の原理を一歩も出ないし、その他オニソプター(5)やヘリコプターの工夫は見られても、所詮今日では玩具の域を脱し得るとは考えられぬ。滑走機は即ち前記エアロプレーンの直系だと解さねばならぬ。そして此等《これら》一般航空機の親分であるところの飛行機そのものは、戦場その他に於て目醒ましき——然《しか》り、それは倦《あ》くまでも目醒ましきであって、決して驚嘆すべきそれではない——活躍をなしつつあると考えられ乍《なが》らも、然しそれにも拘《かかわ》らず、純粋な意味では、殊《こと》により多く現在あるが如き内燃機関を装置したそれとしては、最早《もはや》峠に達したと断定しない訳には行かない。

何故ならそれは、曾《かっ》ての先駆者、革命家であり且つ芸術家でもあったところの、ブレリオや、ファルマンやボアザン(6)等の情熱的な精神力を要求すると云うよりも、寧《むし》ろなお多く技術と訓練とを俟《ま》たなければならぬものであり、斯くてそれはその限りに於ては、全く合理的なものになって来たからである。これは今日各国間に見らるるその形態に於ける著しい近似によっても頷《うなず》かれる。即ち、与えられた課題に対する返答が飽和状態に達した事がそこに示されている。そしてかかる点に於ては、それは吾々に取って最早面白くも何ともないのである。今日の進歩した研磨盤によって、発動機の歯車が一万分の一吋《インチ》以内の誤差に於てよく製作され得ようと、それは要するに応用と技術との分野に留まって、航空機原動力として何ら創意的な、或《あるい》は基礎的な改革を約束しているのではない。此処に於て、人類の外形的慾望《よくぼう》の象徴化たる空中飛行の形式も、遂に峠を踏んだと云わざるを得ない。

ゲーテ(7)はその昔に「科学もこの辺が恐らく絶頂であろう」と、友人に向って洩《もら》した。所が決してそうではなかった。そこがお始りであった。吾々素人がちょっと覗見《のぞきみ》してさえ、どんな事が扱われつつあるかに就いて目さめる思いのする理論物理学の分野、波動力学や量子論の発展、わけても判り易い天文学的宇宙観の十数年来の飛躍振《ぶり》を見せたなら、かのワイマール(8)の文豪とても目を瞠《みは》って、その「ファウスト」の叙述に多くの訂正を加えようとするであろう。そして

「飛行機は精神が物質に打勝つ最後の勝利です」或は「愛する女の唇よりもなお高く我心《わが》を揚げ得るウィルバー・ライトよ」と、そのかみの日、その劇作家や詩人をして書かしめた吾々の飛行機が、なおもその特質と権利とを保たねばならぬのならば、それは此処に於て根本的一大転機を迎えねばならぬ。それは先駆者ヨハネの翼へであろうか。いや機械師デクラスの作った物質の翼に於てとても、人智を制約するあらゆる障碍《しょうがい》を打破して、白鳥の如き巨大な眩《まば》ゆきつばさもて大空を駆ける力と栄光に充ちた将来にまで、そう、そのレオナード(9)の幻想にまで完成されなければならぬ。

見給え！　愛らしき家畜や草木は、生命に於けるあらゆる美なる可能性を示し、吾々が現に有する芸術やその他の文化的財宝は、更に驚嘆すべき所へのそれらの躍進を暗示している。科学は今や善用されているとは遺憾ながら云い難い。けれどもこの事も、やがては到達すべき調和への道程に必至なるエレメントであると考え直す時に、それは吾々が未だよくこれをこなし得ないまでの話であって、そのうちにこれをマスターするに及んで、今日の所謂《いわゆる》地獄の天使達も――

天には魔の如く翔《か》ける大商船を見
亡霊の如き露は雨と降る……

あのロックスレー・ホールの中のテニソンの詠述を実現するに与《あずか》らぬものであると、そも何人が云い得ようぞ。

常に最も確実なものは人間の清き心である。若き日のオーガスチンが熱愛した天文学の智識よりもなお美しかったのは、博士ファウストに依って示された謙虚の心であった。されば人々はこれを保てよ！　——ロケットであるなどとは云わない。それは、しかも何より先に動力の問題に於て、思いも掛けぬものであり、全く予期せざるきっかけでなければならぬ。飛行機の黄昏とは、やがて科学全般に於けるそれであり、同時にまた吾々の芸術の、吾々自身のそれででもあるのではないか？　そして夜来りてあけぼの遠からじとは、これは神の作りし世界の秩序である。

（一九四一年四一歳）

飛行機の黄昏 2

愛する女の脣《くちびる》の如く我心を揚げ得るウィルバー・ライトにこれを捧ぐ

マリネッティ「電気人形」献辞

備前岡山の表具師幸吉は、「鶏、雉《きじ》等の両翼を集めて三段仕立のつばさを作った」と云うから、ダ・ヴィンチよりも科学的だ。これはシャヌート(1)の多葉式グライダーを予想している。オクターヴ・シャヌートは、彼の先輩リリエンタール(2)の場合のような鳥ではなく、彼は百足《むかで》凧《だこ》に暗示を得て、四葉式の機体を製作した。このアイデアを借りてライト兄弟が推進式複葉を完成した。

模型飛行機の古典、双プロペラ付きA型はライト複葉から出ている。このAの字の骨組が初めはHで、羽根は前後共に二層だったことを僕はよく憶えている。其他に、一本の梁《はり》の前後に突きぬけの箱枠のような羽根をつけたのがあった。プロペラは勿論《もちろん》うしろについている。これはサントス・デュモンの一号機の真似なので、ボアザン式複葉の原始形態である。アンリ・ファルマンは、巴里《パリ》美術学校絵画部でガブリエル・ボアザンと同輩だった関係から、彼は友人が作った飛行機の操縦者となり、それをファルマン式複葉にまで改良した。

またあの当時、材料店に、兎《うさぎ》のキネ、それともスプーンを二つ繋《つな》いだようなブリキ細工のプロペラが並んでいたが、これは、日本陸軍が代々木練兵場で実験したファルマン複葉とグラデ単葉、これが共に金属製のプロペラを取付けていたことの影響である。グラデは初めから銅板の翅《つばさ》がついたプロペラであるが、ファルマン用の木製プロペラは、輸送の途次、印度《インド》洋の暑気の為にニカワが溶けて木片同士がはがれてしまった。それで民間の「鳳号《おおとり》」のプロペラで間に合わしたわけである。この、奈良原三次《ならはらさんじ》男爵(3)の飛行機は当時には珍らしい牽引《けんいん》式複葉であったが、離陸する度毎に機脚を壊し、そのつどにプロペラを折っていては大変なので、金槌《かなづち》で何回も叩《たた》き直せるところの金属製のプロペラを使っていたのである。

私は研究費がほしさに陸軍へ入った。本当に作りたいのは宇宙旅行ロケットだ。ロケットで戦争するなんかもう沢山だ！

兵器完成者ブラウン博士

鳥、こうもり、蜻蛉、楓《かえで》の種子等に見本を取った飛行機は、凧の原理によってのみ成功したから、エアロプレーンと云う。この風板が甲虫になり、いまは矢型時代にはいったが、いずれ「空飛ぶ円盤」に近付くであろう。軽気球は魚型及びソーセージ型の飛行船時代を経て、再びバルーンに立戻った。それというのも「球」が最も簡単な形で、他の総《すべ》ての形態は球を元にして解釈されるものであるからでもあろう。ジェットの矢も、ミサイルのシャープペンシルも、そしてこのわれわれ自身の軀《からだ》でさえ、結局は一種の球である。ジュウコフスキー(7)の等角変換は、今度はゴム球をねじてあかえいだのほうぼうだのを捻《ひね》り出すことであろう。浮揚面と客室とがいっしょになるわけだ。こんなものはもうエアロプレーンと云えない。高速度の無限軌道である「空中」はいままでは一つ上の虚空におし上げられ、それよりも低い処はもはや共通の鮮明な大道に他ならぬからだ。将来の航空機については、われわれは、あの七百年前、ロージャー・

ベーコン(8)が空気層の表面に立つ波を仮定し、其処《そこ》を帆と舵《かじ》とで渡る舟としての気球を夢みた以上のことは、能《よ》く想像されない。只《ただ》、回転翼を前後にそなえた大型ヘリコプターが頭上を横切る時に、なにか亜刺比亜《アラビア》夜話風な飛行屋形を連想する。それならば、昼間も星々が燦《きら》めいている界域を、それぞれ灯に飾られた巨大なあかえいやほうぼうが行き交うているのは、未来派のいわゆる「吾人は地球の最先端に立ち、星に向って戦いを挑まんとしている」の具体化であろうか？　それとも桂冠《けいかん》詩人が「ロックスレー・ホール」中で謳っている「天には魔の如く翔ける大商船を見、亡霊の如き露は雨と降る」の実現であろうか？　尤《もっと》もこの場合の露は宇宙線なのかも知れないが――。

（一九五七年　五七歳）

横寺日記

八月七日　土曜

昨夜新宿の真暗な街上で、六日月、その左かたに落ちかかっている天ノ河、さそり、射手を見た。きょうお午《ひる》に床屋の椅子《いす》に掛けて鏡を見ていたら、盛文堂の棚に山本一清(1)博士の『星座の手ほどき』があったことに気がついた。

私は久しいあいだ、星座なんか憶《おぼ》えたところで何になるかとの意見を持っていた。それを考え直して、既に十年前になるが、ひと通り星座知識がなければ自ら地星人とは名乗れないわけだと気が付き、オリオン三星ならびにその下方の天狼星《シリウス》を皮切りに、約一年間を費して、全天の絵巻物のあらましを頭に入れた。だから、おも立った星々なら指すことができる。然《しか》しそれら星座中の星の、どれがどういう名だったかについては自信が無い。いま一度おさらいしてみようと思う。倖《しあわ》せなことに、近頃は夜になれば戸外は真暗闇《まつくらやみ》だ。もっとも今までにも演習があって一様に灯の消されることはあった。そんな機会に何故中絶した星座勉強をやらなかったのか？　眼鏡が入質されていたからだ。数年来、私のメガネは七ツ屋へはいったり出たり、同じ月のうちにそんな次第が五、六回も繰返され、値は五十銭から一円にせり上っていた。緊急の際には金一円五十銭也の融通が容《い》れられた。それが生計上いかに役立ったかは、私のような境《きよう》涯《がい》に落ちた者でなければ納得が行くまい。こんどは然《しか》し、質受け当日に再び元の場所へ現品が納ってしまうようなことはないであろう。で、きょう午前中に麻布飯倉《いいぐら》まで出向いて、眼鏡屋の主人に、「鼻眼鏡を一つ世話してくれ」と云って手附金《てつけきん》を置いてきたのである。この種の眼鏡は近来店頭に姿を潜め、それが舶来品《はくらいひん》であるせいか、店員は剣もほろろの挨拶《あいさつ》ぶりだ。そこで、大使館や領事の住いが多い麻布界隈《かいわい》の眼鏡屋さんに、私は気がついた。眼鏡が二箇あればそのどちらかを自分は掛けているだろうし、改めて星座のお浚《さら》いを始めたとあれば、入質も食い止められるに相違ない。

ビアホールの行列に加わりたいのを我慢して、帰宅する。この時刻には唆《そその》かすような夕映も消え、頭上に涼《すず》しげに瞬《また》いている牽牛《アルタイル》(2)と織女《ヴェガ》(3)を仰《あお》ぐに当って、「ああこのほうがよかった!」と思われるのだった。

いまが時期だというのは、近ごろ西空に巨《おお》きく明星《ヴィナス》が見えて、銀座丸ノ内では昼間の星として騒がれていると新聞に載っていたし、自分には青少年向きの『日本天文学史』をかいて、印税の前借が出来た。眼鏡を注文、続いて理髪館の椅子に倚《よ》っていた時に、星座の総ざらえをしようと思いついたからだ。

刈立頭を炎天に晒《さら》して盛文堂へ赴《おもむ》いたが、山本博士の著書は見合した。傍に野尻抱影《のじりほうえい》の新版『星座巡礼』があった。これに決めた。この本は私には最初ではない。然し、座右に置いて役立つであろうとの自覚の下で手にするのは、今がたった初めである。「天体の面白味は星座の形を判じる所などには無い」と著者は序文に書いている。同様のことは、天球に関する一般的解説の上にも云えるであろう。天文学について数多くの通俗書が出ているけれど、これらの解述がどれだけ親しまれてきたかは疑問である。つまりはどんぐりの背較《くら》べである。読者に要点を会得《えとく》せしめるどんな箇所もないのが普通だ。かれら著者は星について果して何事かを感じているのか、と問いたいような本が多い。更に偉い先生方になると、自ら筆を執るのでなく、彼の弟子に命じて海外天文書からの任意な抜きがきをやらせ、おきまりの天体写真とグラフと数式で飾りつけてお茶を濁《にご》している。天上の星々は……苦々しさを覚えるか、それとも超然としているのか……。

星座の面白味は、そこにある星々の色や、光りぐあいや、潤《うるお》いやを当方の気持に結びつけ、先方から多くのことが囁《ささや》かれているのに共鳴する点にある、と野尻氏は述べている。説明だけではいっこう無味乾燥な天体がともかく数千年来人気を保ってきた理由が、そこにある。もっとも野尻氏は次のように続けている。「――そのように筆者は自分の実感に即して星の興味を伝えようとしたのだが、それが説明中心になり、自分生来の詮索《せんさく》癖と感傷主義が加わってまとまりのないものばかり書いてきた」或《ある》いはその通りであろう。私がかつてこの著者の本を購《あがな》ってどれも中途で放棄したのは、確かにここに述べられているような事情に依《よ》る。かと云って、天体趣味に関する著者その人の抱負には異存ないのであれば、前記の疵《きず》など物の数ではない。野尻氏の数々の著書がなかったとすれば、何人がこの文化的空白を埋めてくれたであろうか。

この種の著者らはえてしてかれらの専門的対象を虚仮威《こけおど》しに振りかざしたがる。しかも素人には近寄りがたい分野だと思いこまれているから、誰からも突ッこまれる惧《おそ》れはない。このような事情が天文学書類をいっそう訳の判らぬものにしている。そこへくると野尻氏はさすが手馴《てな》れたもので、どの隅にも不安が無い。かつ同氏はもともと文学者である。たとえば箇々の星の色合にしても、黄橙色、虹色、藍《あい》または緑を含んでいる強い白光、燦爛《さんらん》たるダイヤモンド色、紅を潮《さ》した黄、海緑色《シーグリーン》、真珠色、紅薔薇《べにばら》……というぐあいに、事実そんなに見えるのかしらと疑われるほどに行き届いている。これは著者の詮索癖と感傷の良き部分であろう。相馬御風《そうまぎょふう》氏[4]の序にあるように久世山《くぜやま》の上でワーズワース[5]やコウルリッヂ[6]やシェレー[7]やロセチ[8]を論じ合ったかみの日々に与《あずか》るところ多く、こんなものは、他の書生的学者が書いた本の上には求められない。

「……何も知らずに産声を上げた夜にはあの宝玉の図は、屋根の上に描かれていた。そして柩《ひつぎ》に釘《くぎ》の響く夜にも、あの儘《まま》の天上の花々は燦爛と輝き、さらに墓の上にも永《なが》く、この間違いない想像に湧《わ》く清らかな喜びは、星を知る者のみが知っている」ここまで読んでから本を伏せて戸外へ出た。居室は建物の東北隅にあって、窓の上には樫《かし》の梢《こずえ》がおおい被《かぶ》さっている。星を眺《なが》めるにはどうしても小路を出て、更に左折、その突当りの崖上《がけうえ》に出なければならぬ。

小路の真正面には、木の間がくれにさそりの大火《アンタレス》が紅くきらめいている。左寄りの射手と合わし、これら明るい星座は眼鏡なしでも認められるので、牛込横寺町の一隅に居をきめてからも、私は夏毎に注意を払ってきた。「かつてそれを眺めた思い出と結びつけるとき星々はいっそう親友になる」と野尻氏は繰返し述べているが、自分だって、このさそりは、未だ名称も知らなかった頃から、海辺の町の物干場で夏の宵毎に眺めて不可思議を覚えていた。その辺りの天が何か狂おしく怪しげであったからだ。サロメの名が連想され、いや、ヘロデ王宮(9)と云った方が似つかわしいかな、と考えたものだ。其後二十年近い間、円天井における最もドラマチックな区廓《くかく》は忘却されていたが、ふと気付いて、昔変らぬさそりの主星の燦めきを幾宵かに亘《わた》って眺めたのは、家を失って横丁の履物《はきもの》職の離れに寝泊りしていた折であった。裏の空地正面を徐《おもむ》ろに行き過ぎようとしている巨大な光点のさそりは、「いまとは違った気持でこれを眺めた宵々もおれにはあったのだ」と私に思わせた。今度の上京直前の話で、その頃自分には明日がなかった。でも更に七年の月日が流れて、その日暮しの悪戦苦闘は相変らずであるけれど、世には本当の行詰りも困窮も存在しないこと、いわゆる不幸とは浅慮《せんりょ》(10)なまなこに映じた仮初《かりそめ》の姿に他ならず、常にその奥には深い祝福が存すること……これらおんみつな消息が自分なりにどうやら頷《うなず》かれてきたでないか？

星座復習の前触れだったのか、数週前に、私は同じ細径《ほそみち》を出ようとして真正面のさそりに誘われて、崖上にまで歩を移した。下は電車道で時々ヘッドライトによる邪魔はあったが総体に暗いから、南方にひらけた天を見渡すことができた。暫《しばら》く佇《たたず》んでから引返して屋内へはいりかけたが、「白い銀河が頭上に流れている夜」にいま少し浸ろうと、住いの前を素通りして、路地の鉤《かぎ》の手を突き抜けて行った。何時《いつ》ものようなごちゃごちゃした低い家並であり、いまは灯が入ってそれぞれに世帯道具や取散らかされた食卓やかたえの畳の上にごろごろしている子供らを照らしていたが、通りすがりに眼にとまるこれら長屋の内部が、一つ一つ奇蹟《きせき》の棲家《すみか》として受取られた。私の頭の中には先刻打ち仰いでいた無数の光点が渦巻いていた。日頃はあえて気付こうともせぬ吾々の内部に存する宏大《こうだい》無辺の生の流れが、堰《せき》を切り、氾濫《はんらん》し、そこに窒息《ちっそく》させんばかりに吾々の周囲を閉じこめるのは、ちょうどこんな夜のこんな一刻でないのだろうか？　例の崖上で、頭上に仰ぐ光点と天文学者らの対象との差異について考えたことがある。両者のあいだには非常な距《へだた》りがあるようだった。ただお星様としてこれらを仰いでいる者と、自然科学的天体として扱っている人と、そのいずれにも加担しかねる奇妙な瞬間であった。そのうちに頭上遥かに散在している光点が一体何者なのか見当がつかなくなり、そんな次第を意識している自分自身もまた足場が見失われそうになってきた。何にせよ、学者らが相手にしている星と夜毎に吾々が頭上に仰ぐものとはまるで異っていることが、近ごろになってやっと判ってきた。花が植物学で教えられるほどの何物でもないことを知っている者は、また星とは自然科学が説明する何物でもないと抗言するであろう。軌道論[11]などよりも星占いの方が実際の星に近いのだ。

今晩はアルタイルとヴェガのあいだにはくちょうを見極めた。又、牽牛の下方にいるかを探した。

八月八日　日曜

八時過ぎに崖上に立って、はくちょうの胴を指している筈《はず》の矢を求めた。月光は既に漲《みなぎ》っているが、微《かす》かな、然しくっきりした愛らしい矢形は見付かった。

山羊と水瓶が判明しないのでいずれ他の星を台に導き出すことにし、カシオペアの上方にケフェウス五辺形(12)を求めた。ペガススの方形はいつもながら堂々としている。みんな昔見たのと同じ星座だ。にもかかわらず異ったものに映じるのは何故であろう？　これら星々は今後とても仰ぐことだろうが、その度毎に変った印象を与えるに相違ない。太陽は日毎にお馴染《なじみ》だが、時刻によってずいぶん印象に差異がある。同一時刻でも窓越しに見るのと庭先で仰ぐのとは別物だ。この事柄は、常にこちらに向って何事かを囁きがちな星々の上に移してみると、いっそう度合が著しい。既に墓の下へ去った人々が目にしたもの、今後生れてくる人々が見るであろうもの、そしてこういう自分が前世にあって、又、考えられもしない将来にあって、何処《どこ》からか眺めているかも知れないところのもの！

八月九日　月曜

今日が七夕らしい。月は半片になって銀河の右べりにあるからだ。それは磨硝子《すりガラス》を通したようにぼやけている。窓の正面の木がくれに今晩も陰気なサロメが出ている。というのは、墓地に面した彼方の二階屋の青い覆いのついた電燈のことだ。「ほんにあれは……死んだおなごの腕のような月じゃ」

八月十日　火曜

花を愛するのに植物学は不要である。昆虫に対してもその通り。天体にあってはいっそうその通りでなかろうか？

十一日　水曜

月はシトロン形になり、地面にはさまざまな物象の影が投じられている。水蒸気は去りそうにない。北町から矢来町《やらいちょう》にかけて一巡した。北斗の瞬《また》き、その柄《え》を伸した所にあるエホバの星、アークトルス……

何故灯の点った家の内部が底無しの深さに見えるか？　それは戸外が真暗であるからだ。モーパッサン(13)は、「曠野《こうや》を疾駆《しっく》する夜汽車の窓から篝火《かがりび》に照されている人影を見るほど奇異な感に打たれることはない」と書いているが、箱庭式国土にある吾々ではむしろ、夜汽車の窓外をかすめるオレンジ色の燈下の人物であろう。これはつまり早取写真であるから、橙《だいだい》色の矩形《くけい》内に嵌《は》めこまれた人物は、坐《すわ》ったまま、立ったままに凝固した塑像《そぞう》として置かれ、瞬時に後方へ引き取られてしまう。ちょうどそんな夜間光景が、いまは夜歩きにこうべを巡らせてみるいずれの屋内にも存する。いや、いつだってその通りなのだが、ただ外が明る過ぎたり、そこいらに気を惹《ひ》く物象がある為に能《よ》く吾々の注意が行届かなかったというまでの話だ。然しいったんその外部を遮断して、燈影に縁取られた、人間的存在の棲家を凝視せよ！　更に汝《なんじ》のまなこを頭上に向けよ！　いず方にも目眩《めくる》めくばかりの深淵が横たわっている。そしてこんな折には、何時何処にも居る大いなる者が身内に覚えられるものだ。

十二日　木曜

問。日記には原則として夢のことを書かぬことにしていると云った人があった。吾々の日常生活も本質的には夜の夢と変りはないとすれば、では何が夢でないと云うのか？

答。貴下がいま急に、寂しい、へんぴな山里へ去らねばならないことになる。みんなと別れ、世間から忘れられた者として日々を送らねばならない境涯を迎える。当座は、なんという情ない身の上だろうと思い、夜の眼も合わない。けれども日数は経って、或る朝貴下は思いがけなく空の青さに目をとめる。その夜ひょっくり興趣ある星の配列に気がつく。なにか新らしい価値を発見した気がすることであろう。吾々とは何時何処にあろうと、多分未来において領かれ得る或る深遠な計画下に置かれているのだと感知される瞬間がある。この事実に気がついたなら、そこにはそこなりの幸福が見出されるということが云える。故《ゆえ》に、貴下が更に逆境と不運を招き、たといそれが死であったとしても、貴下の心さえ潔《きよ》らかでありさえすればなお十分に愉《たの》しい事には相違ない。何故なら、この消息のみが不朽《ふきゅう》の道であって、他の一切の夢である事を貴下は既に知っているであろうからだ。

十三日　金曜

月光と静寂。疎《まば》らな星。青天井の下、お天道《てんと》様の膝《ひざ》の上、踊るは踊るはラフォルグ様の星の踊りのひと踊り。

十四日　土曜

朝、つくつくぼうしの声。先日聴いたように思ったが、それは実は去年の話だった。

十七日　火曜

行手にカシオペアのW。ラジオのピアノの転がるような響。夏夜の音楽、特にソナタは星ぞらと調和する。小熊の点々。橙色に光っているアークトルス。その上方に北冠。(14)かつての夏の夜更《よふけ》毎に人を送って行き、土塀の突当りでさよならを云って打ち仰いだ……あの時に見たのと同じ可愛らしい頸飾《くびかざ》りだ。アンタレスは紅ばかりでない、白くもなり青くもなる。

天頂へ首を廻《まわ》して、ヨブの柩[15]と矢とを確めた。ペガススの四角は東にのし上っているが、その裾《すそ》は月しろでぼやけている。野尻氏は、月白という言葉を実に適当に取扱っている。「まず望遠鏡をその西外れに向けて、それからじりじりとその中へ移ってゆくと、淡い月白のような明るさが射して来て、やがて一面の光の中に驚くべき光景が現出してくる……」オリオン座星雲の記述だが、私にも五センチ反射鏡に依る同様の経験がある。はくちょうの嘴《くちばし》の傍の二重星について、野尻氏はまた書いている。「望遠鏡で見ると、淡いトパーズのような星と濃い碧玉《へきぎょく》のような星が向い合って顫《ふる》えていて、わたしは初めて見たとき、何かロメオとジュリエットが会っているのを垣間から覗《のぞ》いたような気がした」と。それは私も知っている。又、「この真の魅惑は望遠鏡で覗いて初めて分る」プレィアデス星団[16]のことだが、私の経験も全くその通り。

いったん帰って裏に出ると、電車道を距てた高台の木がくれに、ビァズリー[17]描くサロメの挿絵のような赤銅色の月がせり上っている。右べりは既に輪郭があいまいだ。星図を調べて再び表へ出た。アークトルスとヴェガと北極星とで大三角形を描いてみる。小ぐまと大熊のあいだから伸びているドラゴンに注意する。海辺の町の夜更け、彼女を送ってから堀割に沿うてふらりふらり、ちょうど程よい酔心地で帰ってくる折に、初めて蜿々《えんえん》[18]と北天にのた打っているさまが明かにされた。この巨竜は次の機会に、自分にどんな回想をもたらせるであろうか？

八月十八日　水曜

矢来の街上で、カシオペア、ケフェウス、竜、北冠を読取ってから、べらぼうな面積を占めた蛇つかいを辿《たど》った。古代人はなんと巨きな意匠を天球面に描いたことか！　いったい星座を読取るのが難かしいというのは、概《おおむ》ね小範囲にその形を求めるからだ。そうではない。大抵の古代的星座は当方の予想よりはずっと大規模にかれらの足を開き、腕を伸し、恣《ほしいまま》にふんぞり返っている。

八月十九日　木曜

地勢と建物、その上に燈火管制中だとはいえ地平が明るいから、東方は望見されない。

矢来の通りで、蛇つかいのアフリカ大陸形が判じられた。天秤は摑《つか》めない。竜、水瓶、共にはっきり見えた。右寄りに山羊。うおの多角形も指される。流星が五回、うち二回は、星々のあいだを縫《ぬ》ってうねうねと走った光の羽虫として望まれた。家々の内部から洩《も》れる灯が邪魔になるけれど、一方、人間の営みがなんと奇異に、綺麗《きれい》に見えることだろう。人々の会話がそれぞれ謎のように含蓄《がんちく》的に耳に入る。

　午前、上野の科学博物館へ行く。天文部には案外何もない。日時計の陳列ぐらいなもの。一般博物標本では鉱物が豊富である。少年期にこれを見たかった。何故なら、どこの博物館でも鉱物が無視されていることに自分は不満があったからだ。昆虫類ではまず蝶と甲虫。こんな昆虫、また植物や貝類や鳥族や、その他の虫生物、微生物に到《いた》るまで。更にかなたに散在する無数の島宇宙を通じて、そこを貫いている流れがいやらしいものに感じられる。けれども天地間に存在しているのはみんなそんないやらしいものであり、それに吾々の眼前に並べられた標本類は、実は肝腎《かんじん》なものが抜け出てしまったあとの殻《から》に過ぎない。たとえばいろんな鉱石にしてからが、母なる地殻から無理やりに引き剝《はが》されたかけらだ。しかも藻抜《もぬ》けの殻を通じてもなお感じとられるエランヴィタル(19)！

八月二十一日　土曜

「プラネタリウムはいつ観ても同じことだ」と云う人がある。天球を模したものである限り、南極の天だって、太古のアッシリヤ(20)の夜天だって、ただ星が散らばっているだけの話である。天文書には似たり寄ったりの図解と写真が蒐《あつ》められ、科学画報は秋毎の天体特集号にいつも同じ記事と挿絵《さしえ》を載せているが、これも本来しかあるべきだ。題目が映画流に着換えられるものならば天球でも何でもなかろう。天文学が魅惑をそそりながら人気がないのはその関係である。然し、人々が追っかけ廻している項目にしたところで同じでないか。たとえば新聞雑誌にしても、そこで何物かが常に変りつつあると思いこまれているまでの話でないか。

プラネタリウムは現代に於ける最も精巧な玩具の一つだが、幻燈仕掛による錯覚以外に別に天体への繋りは持っていない。人工の丸天井に懸った新月や満月は似て非なるものとさえも云えない。金星及び木星に到っては云うも更なり。若《も》しそれ、「ひじり(21)達にも不可思議を覚えせしむ」銀河に及んでは、その暗示だに不可能である。

八月二十二日　日曜

雲間に覗く星影は秋めいている。北町から矢来へ抜けながら、左手に北斗を仰いだ。あの夏これと同じ七つぼしがちょうどいまの位置にあって、港の都会の背山の上にひしゃくの柄が出ていた。私は短冊《たんざく》にあるような雲間に澄んだ星影を見て「天鼓」の詞を喚《よ》び起した。〽二星のやかたの前に風冷ややかに夜も更けて、夜半楽《やはんらく》にも早なりぬ……。あれは北極星からケフェウスにかけての区廓だった。いまケフェウスだと心に止めて打ち仰ぐのと、〽はや三伏《さんぷく》(22)の夏過ぎ風一声の秋のそらに、海港の裏通りから何気なくひとみに映した北天の一角とはずいぶんの距りがある。エチオピア古王の名などが頭にあると、呂水《ろすい》(23)のほとりの鼓《つづみ》の音など聞えてこない。

幼かった頃、石油ランプの門燈が連っている大阪の街で父に指し示された北斗七星も、矢張り今晩のような高さに懸っていた。然しその七つぼしとこれとは別物のように思える。何故であろう。ただ綺麗なものとして花を見るのと、何属何科に於いてそれを観るのと、どっちが正しいのであろう？「無を天地の初めと名づけ、有を万物の母と名づける」と云うけれど、吾々の純粋経験はもともと翻訳不可能なものでないのか。どうせこうであるなら、ひと通りのことは心得た上で、「知識とは見掛けのものに対する説明に過ぎぬ」と思う方が賢明かも知れぬ。私には、それが花であり、星であり、さては人間何某だとするのが誤りのように思える瞬間がある。

八月二十三日　月曜

鷺の傍に栖を探った。天ノ河は、間を置いて取残された煙のきれはしのようだ。太鼓を打鳴すことによって生じた星々のムラみたいである。昔、母が盆景に作った白砂のまだら縞《じま》？

八月二十五日　水曜

朝方、四辺が仄白《ほのじろ》くなった刻限に起きようとしたが、それじゃ月夜と同じわけだと気づいて再び眠った。

夜は配給ビールを下げてやって来た客があって、時刻が移った。客を帰してから北町の辻に出て、矢来へ抜けた。午後しぐれが数回あったせいか、雲間に覗く星空は洗い晒されたようで、何か怪異の趣きがあった。カシオペア、ペルセウスの珊瑚の枝、ペガスス、矢、魚を捉えた。収獲は大四辺形の一隅からアンドロメダの主幹を辿り、分枝の上にぼーッとしたものを見付けたことだ。昔、海辺の町で反射鏡を以《もっ》て幾回か追ったが、ついに不明だった相手である。これがいま頃になって極めて簡単にキャッチされた。あの時は主幹の反対側を一生懸命に探していたのに相違ない。土星の環《わ》、木星の衛星、はくちょうの嘴の恋人同志、青い毛虫のようなオリオン星雲、これは既に手に入り、今夜は有名なM31を肉眼で摑えたわけだ。

八月二十六日　木曜

眼鏡が出来た。玉と合せて二十円弱。

崖上に立って、さそりがもう大分行き過ぎたことに気付いたが、ペガスス四辺形の下方は未だよく捉えられない。矢来の通りで、ケフェウスとペガススの間に蜥蜴を見付け、アンドロメダの二星を結びつけて三角座を発見した。

八月二十九日　日曜

横寺町の正面に、カシオペア、ペルセゥスの弓、右寄りには三角、小熊が読める。店々は真暗なので、魚も水瓶も判明した。電車道南方の濛気《もうき》の底にぎらついている星に気付いて、ペガスス方形の右べりに沿うて線を伸ばしてみると、それは北落師門《ほくらくしもん》だった。去年の十月四日、ひるま図書館でこの一等星のことを調べて、夕方過ぎて崖上から初めて眼に映した。星座の稀薄《きはく》な南の地平線上に淋しげに瞬《またた》くフォルマルハウト(24)に向って、私は或る願い事を托《たく》せずに居られなかったが、一年が経過しようとして、計案もまず順当に進んでいる。来年はどこから何を想って、この星を眺めることであろう。

八月三十日　月曜

ゆうべ南の魚を認めた時、次のような感想が浮んだ。古本の処理は、それを、それを必要とする他の読者にゆずることになるから、自分が持ち続けているよりは良い事だと。書物はなるべく多くの者の為《ため》に役立てるべきである。昨夜はまた、寝ようとして四辺が余りに静かなので、裏の石段上まで出てみたら、正面にすばるの光の巣が昇り、下方にアルデバラン(25)が紅を帯びた黄色に輝き、カペラ(26)が、こちらの息使いまで急がせるように、頻《しき》りに瞬いていた。近くに鯨の五辺形があった。

八月三十一日　火曜

今夜は全天が白ちゃけている。ペルセゥスとカシオペアのあいだにある星団は来月の愉しみにしよう。この位置に遠い昔に巨大な星雲があった。それが五、六百箇の太陽の誕生になったという。天界のソナタの転調？　先夜、燈火とはつまり星の真似事だとすれば、その一つ一つが星の模型だなと考えて、なにかしら嬉《うれ》しい気持になった。

十一時が鳴ったので裏庭へ出ると、梢《こずえ》越しにカペラが冴《さ》えていた。アルデバラン、ヒデァ《〔アデ〕》ス(27)の角形、ペルセゥスの枝に変光星アルゴールが読みとられた。それは沈んだ赤っちゃけた色だ。カシオペアの方へ辿って、例のぼーッとしたものを見届けた。石段の登り口まで行くと、オリオンがすっかり姿を現わし、その左側に、宇宙の果《はて》への通い路のようなエリダナス河[28]が見えた。上方のプレィアデス星図は見れば見るほど華やかに、清らかである。銀の紐《ひも》に結びつけられた蛍《ほたる》？　いや、「星はすばる」（枕草子）

九月五日　日曜

すばるの下方の大星は既におうしのV字形の傍に差しかかっている。土星はこんなに光らないだろう。火星？　それとも木星？　更に先月来、矢来通りの正面に見えるのがアークトルスだと判明した。きょう丸ノ内のプラネタリウムで教えられたからだ。

ゆうべ綺麗な三日月を見たのが前触れだったのであろうか、お午すぎにプラネタリウムへ出向くと、ちょうどレッスンは月だった。満員。ノートを片手にした少年が、「ぼく映画はきらいだけれど、ここは好きだ」と友人に洩《も》らしている。

賛成である。然し私はこうも考える。プラネタリウムは造花であって、星と通じるものを持っていない。少年らを誤ることはないであろうか？　このからくりが天文知識を獲《え》るに便利だと云うのなら、その為に少くとも五、六回は足を運ばねばならぬ。それ程の熱心を実地の星ぞらに向けたらどうか？　プラネタリウムは最高級の玩具である。したがってこれを一度は見物して置こうという連中を除いて、天文学に関心を懐《いだ》くほどの人士にあっては動く天のパノラマに或る種の苦痛が覚えられる筈である。その気持は円屋根の下を出てもなお持続し、いやむしろ助長される。この界隈の煩わしき文化事象の一つとしてそれが解されるからである。

　プラネタリウムも無邪気に受取れば、其処《そこ》に恩恵がないとは云えない。虚《むな》しき玩具でありながら、なお南十字、ケンタウルス、マゼラン雲[29]、アケルナル[30]、カノープス[31]等々について予備知識を与えてくれるからだ。

　北町裏を歩いていたら、塔形三階の窓硝子に、そんな額縁に嵌《はま》っているかのように角形のお月様が反映していた。お午すぎ毎日会館の玄関わきで、これからどうしようかというふうに佇んでいた中年婦人は、鶴見のS子さんであるまいか？　十五、六の男の子と一緒だったが、当然な話であれからは二十年経っている。此方《こちら》からは何も声をかけなかった。

九月八日　水曜

きょうは虹があった。水瓶は三矢サイダーのマークだと知った。今は月光が邪魔する。

九月十二日　日曜

月が育った。でも空気が澄んでいるから、カシオペア、竜、蛇つかいそれぞれ輪郭をくっきり示して光っている。昨夜は月のおもてに月美人の横顔を見付けようと努力した。月の全面にかけて、向って左方へかしいだ笑顔なら直《す》ぐ想像されるが、貝殻細工みたいに彫りこまれている筈の西洋婦人のプロフィールは見当がつかない。数回試みてやっと当りがついたが、これはヴィナス[32]めく俯《ふ》せおもてだ。自分が狙《ねら》っている顔は頭部の線がくっきりして、肩の辺までも出している筈である。然し、このアフロディト[33]を二、三種の面貌にまで変化し得ることを知った。こんな月貌に数十種あるなど、夙《つと》にスペイン辺りの坊様には判っていたのであるまいか？

金髪の子らが月球に描くお母さんの横顔は、いま暫く努力したらキャッチされるであろう。

今晩は月の為に我身の影法師が甚だ面白い。塔上から月を眺めている坊様を想像したのは、そんな古典画か映画かをいつか観たからであろう。月光は何物にだって似合う。けれども私はよりしばしば破風つきの家々が立並んでいる西洋の小都会を連想する。丘辺の僧院の塔上では、いましも黒衣の博士が鏡筒を浅黄《あさぎ》に霞《かす》んだ天外に差向けていることであろう。「其処は月の世界へ行く途中の高い山の頂きで、月の中の山岳や湖水や谷が手にとられそうに近くに眺められた」その妖婆の棲《すま》いからの展望のように、現代の吾々には到底知るを許されぬ幻想的光景を、彼は見たことであろう。

九月二十二日　水曜

昨夜から風が強くなったが、今朝は久し振りの澄明な秋ぞらだ。月は半片になって西方の青地に消え残っている。

夜になると、星々は今年になって初めてだと思われるくらい輝き出した。はくちょうは頭上に、北斗は彼方に花を零《こぼ》したが如く……こちら側にはカシオペアのWが往古の貴婦人の胸飾りのように瞬いている。秋になって星に気付くのか、星に気づいて秋を知るのか……そんな秋と、現在自分が携《たずさわ》っている秋とはなんだか異ったもののようだ。秋口の朝々には、不二とか朝日とか、そういう口付煙草が似合ったことに気がついて、先日やってみたところ、空が澄んでいなかったせいか、庭前の雁来紅《がんらいこう》(34)が伴《ともな》わなかった為か、紙巻煙草の品質が落ちたことに依るのか、いっこうに何の情趣も湧かなかった。季節は私には久しい間失われている。けれども、当方の内的陶冶《とうや》(35)につれて情緒的なものは次第に淡くなって行くものでなかろうか？　世道は孟子《もうし》のいわゆる情による自己表現（放心）であり、凡《およ》そハインリッヒカイト(36)とは反対方向に流出しているものなのである。故《ゆえ》に、たとえば或る音楽の正否を判断するには、それがどの程度にまで情緒的であるか、あるいはそれをどこまで止揚しているかを検出するがよい。情緒含有の度合に応じて卑俗である。

九月二十三日　木曜

夕方、雲が覆《おお》っていた。暗くなって窺《うかが》うと星が一杯出ていた。人を送って白銀町《しろがねちょう》から引返しながら、山羊を確めた。これはなるほど、横に寝たやぎというよりは正面を向いた狐《きつね》の首である。この辺には明るい星が無く、したがって微かな、階調的な光点で綴《つづ》られている。今までに知った星座中では最も優雅なものだと云える。河鼓《かこ》三星のアルタイルから銀河を下り、ひときわ輝やかしい楯を仰ぎ、更にアンドロメダのわきに三角定規を認め、その下方にひつじを突きとめた。

寝る前にもう一ぺん外へ出た。東方、巷《ちまた》の反射を受けた所にすばるが懸っている。この星の巣のようなものは、今頃の季節にあって幾度か自分は眼にした筈だ。それにも拘《かかわ》らず何事もいっこう思い出せない。

十月三日　日曜

夕方目の醒《さ》めるような新月が出た。信じられぬくらい匂わしい。

墓地向うのY君の許《もと》で長いあいだ話しこんでから出ると、頭上は愕然《がくぜん》とするような星空だ。プレィアデスはまるでそこに嵌《は》めこんだ宝石細工。アンドロメダ星雲は直上に燐光《りんこう》を放っている。総《すべ》てが作りつけたように鮮やかなので、星々は新規に差換えられたとしか受取れない。例の大ぼしは馭者のナートの右にある。火星に相違あるまい。地平からはみつぼしが[37]覗いている。

十月六日　水曜

童話劇の頭巾《ずきん》に似たケフェウス、十二月の飾窓に見る紙の家屋のようなケフェウス。

カントは宗教を感情的に理解することは出来なかったが、でも幼時にあって母親から受けた敬虔《けいけん》派[38]の教育の名残と、彼自らの主智主義[39]とに依ってプロテスタントの哲学者になった。私にはなお日曜学校で貰《もら》いためたカード、十三、四歳からメソジスト派の学園にあって、朝々のチャペルに加えて、幾度かのクリスマスの蠟燭《ろうそく》と復活祭の色玉子の記憶がある。今晩頭上に仰ぐケフェウスの上に、樅《もみ》の木に点っている蠟燭と紙製シャッポ[40]が連想されるし、この辺が全天中では一等好ましいなとも思う。ケフェウス五辺形のふちに柘榴石星《ガーネットスター》があるそうだ。ガーネット乃至《ないし》土耳古《トルコ》玉は私の守り石である。

十月七日　木曜

雲あり。赤い半月。ケフェウス中にざくろ石を睨《にら》んだが、見当がつかない。双眼鏡が必要だ。すばるとカ、ペラは高い。あれはいよいよ火星だ。

十月十一日　月曜

久振《ひさしぶ》りに丸顔の月を見た。やはり俯《うつむ》き可減《かげん》の羅馬《ローマ》婦人に見えて、背の方まで露《あら》わしたお母さんのプロフィールではない。夜更けて窓から首を出すと、月は南中を過ぎていた。その顔は既に横ざまになっている。反対側にカペラがあった。四辺は寝静まっているので、出るのは止《よ》した。寒い。

十月十二日　火曜

薄月。靄《もや》が立ちこめている。後刻雲去る。月美人は幾度見なおしても桂《かつら》の冠をつけたローマ婦人で、坊やの若いお母さんでは無い。

十月十八日　月曜

四時頃だったろう、前晩から枕辺《まくらべ》でゴトゴトやっていた辻潤(41)が表へ出て行ったと思ったら、「いい天気だよ。月のそばに火星があって、右にオリオンが出ている」と云う声がした。出てみると、シトロン形の月の左寄りに二ツならんでいるのが、カストル、ポルックスの兄弟だと知られた。シリウスが光っていた。ひがしに大きな星が昇っている。スピカかと思い、レグレス(42)かと考え直した。火星がここにきている筈はない。心持橙色の落付いた光だと見てよかろうかと意識しながら眺めると、どうもそう云ってよいので、これは木星だと思う。暫くしてもう一ぺん外へ出た。月は見えるけれど一面に乳色の暁霧《ぎょうむ》だ。深更に新宿からテクってきた辻老に邪魔されて、ゆうべはほんの短かい夢を見たきりであるが、御蔭《おかげ》様で冬の星天狼星(43)を既に発見した。

十月二十九日　金曜

玄関の時計が先日来止ったきりになっているのでよく判らぬが、たぶん二時近くであったろう、夢のきれはしを見ただけで眼が醒め、再びうとうとしかけたとたん跫音《あしおと》がして硝子戸が開いた。辻潤である。あれから千葉県へ行ったとやらで当分は顔を出すまいと思っていたら、この始末だ。毛布をひッ被っていたがとうとう起されて、「そうさ、他の手合はみんなコウルリッジにかぶれたのさ」とか「ミルキーウェイとは然し俗な言葉だね」とか話しこんでしまった。用足しに裏へ出ると、オリオンは屋根の向う。左の木立の上に双子星。この東に作りつけたような大ぼしが出ている。こいつが木星かなと思ったが、改めて表へ出て、色が華やかだからあけの明星だと解釈された。これに較べると、シリウスも青白く神経質に顫《ふる》えているとしか受取れない。ヴィナスの上方に別な大星があり、二ツ合わして不思議な天上的木の実がぶら下っている感じである。いつかの火星はやや間隔をとって、別のどんよりした色の遊星を伴うており、しのナートに迫り、全天は荘麗な大奏楽、それとも建築的とでも云いたい階調に置かれていた。途方途徹もない大伽藍《だいがらん》の円蓋《えんがい》を内部から仰いでいるようである。辻老はかつて九州の宮崎で橙そっくりのヴィナスを見た、と口に出した――

「向うは旅館の着物で別に寒くはないんだよ。元旦《がんたん》にね、君、梅が咲いているからね。おどろいたよ、何しろポタポタポタと雫《しずく》が垂れるオランジュがぶら下っているようだったな」

やがて薄い靄の下りた、恐らく夏以来の静謐《せいひつ》な美しい朝になった。近頃私に倣《なら》って少しづつ星座勉強を始めている若者が、顔を合わした途端に云った。

「あさがたの空は宮殿のようでしたね。スイッチをひねって星を動かしてやりたくなった」

「晩よりか夜明けの天がよい」と私は返事した。「――今朝はいかにも大ドームを見上げているようだった。オリオンの傍にうさぎを見付けようと思いながら、すっかり忘れてしまった。辺りが紫色になった頃、北斗の柄がせり上っていたが、見ましたか」

「見ました。ひょっとしてスピカも見えたかも知れませんよ」

事実、きょうの明方は時来りて何処か遠方へ旅立する直前にあるような、あるいは久しく滞在していた外国からたったいま帰って来たばかりのような、そんな心持であった。太古からこのような天を仰いできたであろう総ての心霊達と共にある気持だった。神秘的な共感を内心にいたわりながら、私は更に次のような感想を追加した。「――この気分は、夜半になって照明を天井近くに移した時にも覚えられるものだ。燈火を高くして明朝の出発を待つということに依るのであろうか？　それとも何か徹夜のいとなみの予想があるせいか？」　隅々まで照されている部屋は新婦を待ちかまえている事と共通するからなのか？

一昨年の春に四箇の遊星が天球上に一直線に並んだことを思い出して、図を引いてみた。火星の一年は六百八十七日。木星は十二年。土星に到ると二年間も同じ星座に止まっている。さて金星は今夏の宵の明星が暁の明星になっているに過ぎない。こうしてみると、おうし座にあるのが火星、その東にあるのが土星、けさ方の冗談のように巨きいのは金星、その上にお誂《あつら》え向きに懸っているのが木星で、それは獅子座レグレス近傍だ。計算は合う。人々が未だ眠っている刻限に於ける天上界の素晴しき景観よ！　けさ四箇の遊星を私は同時に認め得た。全天の最も絢爛《けんらん》な部分でそれらを眼にとめた。

辻老は、隣合せの墓地で百舌《もず》が囀《さえず》り出したのを合図に、「こおろぎと蠅取蜘蛛《はえとりぐも》はなんといっても可愛いよ」という話を中止して、私の枕辺にあった聖フランシス伝を取上げ

まことの修道僧とは四絃琴のほか
何者も己《おの》が所有とは思惟せざる者なり

という巻頭言を繰返し読んでから、「忘れてはいかん」とそこについている固有名詞、*Gioachino di Fiore*[44]を紙片に控えて、尺八を腰に差して出て行った。

（一九四八年 四八歳）

きらきら草紙

Twinkle, twinkle, little star.
How I wonder what you are.

少年紳士は、こう歌うのが得意だった。「驢馬《ろば》を買ってやるからな、その背に花を積んで銀座で売り給《たま》え」僕らの師匠なんか彼についてそんなことを云っている。彼と初めて話を交した折のことを憶《おぼ》えている。

「ゆうべ、まっちろい大理石の壁に真黒いドアがあるのを見付けたのです」と彼は云った。

「――明けてやろうと思ってぶッつかったら、其処《そこ》は黒い夜でした――で、ぼくは二階から落ちたのです」

そんな事が起っても別に差支えはない。でも私は返事の言葉にちょっと困った。

「あなたにそっくりな人に逢《あ》いましたよ」と彼は更に続けた。「それがあなたそっくり！　しかも何処《どこ》か違っている。可笑《おか》しいなと考えていたら、只《ただ》あなたがお笑いになっていただけのことなんです」

これに似通った話を、二、三日後にも聞かされたが、それは、星は星色であり、煙草の煙色をした煙草の煙であり、今朝がた電車に乗れる女学生は恰《あたか》も電車に乗れる女学生の如《ごと》く乗っていた、というのだった。「瓦斯《ガス》燈が話をしていました」と、今度は私が口を切った。「一体、電燈の中には不思議な工場があるし、瓦斯燈の中には三角帽をかむった哲学者が棲《す》んでいますね。霧の深い晩など余計にそんな気がする――」

「ふうん」と頷《うなず》いて、彼は上目づかいに右の頬ッぺたに人差指をおし当てた。

「その瓦斯燈同志の対話なのですが」と私は続けた。「宇宙とは天文学者達が考えているような涯《はて》の無いものではなく、実は案外に小さな箱である。この箱の真中で地球が廻《まわ》っていて、月や星というのは、箱の表面にあけてある円《まる》い孔《あな》と、沢山な錐《きり》の孔だと云うのです」

「判ります」と彼は頷いた。「ぼくもこのあいだ、ちょうどそれと同じ夢を見たのです。それはあなたが飛行機に乗って、得意になって星の世界へ舵《かじ》を向けられたのを観測していると、アッという短時間に其処に到達をして、それから星形の孔を抜けて、向う側の世界へ飛び出してしまったのです。でぼくは、、、、、、タルホと虚空という題で、このことを書こうと思っています」

「矢張《やは》り箱だと云うのですか」

「真四角な箱――ボール紙の箱なんです」

「それは然《しか》し、ちょっとぼかし歪んでいた方がよくありませんか」

「よく判りません。けれども小林君や猪原君に聞くと、あなたは仲々哲学者であり、同時に科学者であるという事ですから、ぼくはそのお考えを尊重します。僕もゆがんでいるものが大好きです。先日、衣巻省三《きぬまきせいぞう》(1)と雪雄さんとぼくの三人で、大きなマントーを引被《ひっかぶ》って歩いていました。すると三人の影がいくら見ても三角なのです。おかしいなと思って空を仰いだら、お月様が三角形なのです。吾々三人の影は、そのまま三角形のお月様の中に嵌《はま》ってしまいました……」

彼はそれから、私が未だ観ていない「カリガリ博士」(2)のフィルムがどんなに素晴らしいかに就《つ》いて説き始めたが、以来――尤《もつと》もこれは他の仲間の説だが――彼はすっかり私にかぶれてしまった。少年紳士は何処《どこ》へ行っても、三角形の月と菱形《ひしがた》の家々が並んだ町とを持ち出したからである。又、象牙《ぞうげ》の塔も引張り出して、「タルホ君といっしょに住んで、ミルクと孔雀《くじやく》の卵をたべて、三角形の月を眺みてギタを鳴らせるのだ」と附加えた。菊池がこれを耳にして、云った。

「象牙の塔なんかへはいって風邪《かぜ》をひいて貰《もら》っちゃ大変だ」と。みんなはその言葉に合わして笑い声を挙げたが、紅《あか》い沓下《くつした》をはいた少年紳士は大まじめだった。そして表へ出た時に、私に告げた。「菊池君はぼくを理解しません。あれは幇間に過ぎません」

「幇間」は彼の常套語《じようとう》である。以前にも似たようなことがあった。それは、彼が在学中に落第ばかりしていたので、級友Nが冷やかした。少年紳士が、「今度は一番で進級する」と云いふらしていたからだ。

「今度は一番になると云われている相ですが、それは本当ですか?」とNが、彼をとらえて訊《たず》ねた。

「そうです、間違いありません」――が、この春も停級であった。

「どうです、一番でしたか?」とNがたずねた。

「残念でした。一番ではありませんでしたが、三番でした」

此処《ここ》で道徳家の癇癪玉《かんしやくだま》が破裂した。何時《いつ》か電車道を一緒に歩いていた時、「以前この辺は全部ぼくの家の庭で、白孔雀が居た」など聞かされて、Nは暫《しばら》くの間それを本当にしていたのであったから。

「嘘《うそ》付け! 落第坊主」とNは怒鳴った。「そんな嘘つきの、女のように容子ばかりに気を使っている奴は大嫌いだ!」

少年紳士は黙って向うへ去ったが、「N君は偉い人だが、惜しい事にぼくを理解しません。あれも幇間の一族であるかも知れません」と云い触らした。

或《あ》る午後、彼は教室で、頻《しき》りに白眼を剝《む》いたり、頰《ほお》に指をあてがったりして、落付かぬ様子であった。講義を中止した先生が、「どうしたのですか」と訊ねた。彼は立上って、「ぼく悩んでいます」――新任の若い教師はひどく考え込んでしまった。そして五分間後に云った。「じゃよろしい、お帰りなさい」

悩める紳士は早速に教科書の包みを作って出て行ったが、これは自分の家へではなく、芝生の向うの、英国のお城みたいな煉瓦《れんが》建へ行ったのだと私は解釈する。神学部の三階露台(3)は、グリークラブ(4)に関係ある生徒らの溜《たま》り場になっていた。他の者が打揃《うちそろ》って野球の応援に出掛ける時も、遠足隊の出発の際も、隙《すき》を狙《ねら》ってその弓櫓《ゆみやぐら》造りの区域へ登ってしまいさえすれば、もうどんな監視者の眼も届かないのであった。

私は実は、この少年紳士は、あの自然公園のまんなかにあった学校の、中学部へはいった当初から知っていた。通学途中で上級生に逢った折はお辞儀《じぎ》しなければならぬ規則であった。「アメサン」と呼ばれる、紅殻塗《べんがらぬり》(5)の建物が木立越しに窺《うかが》われる大きな邸宅が路《みち》の両側に跨《またが》っていて、左右の柵《さく》に沿うて木犀《もくせい》の大樹が並んで、秋には何処か吾々の学校を象徴する匂いを放つ小さな星状の花をいっぱいつける……この花の香気に媒介されていまも私に鮮やかに喚《よ》び起されるその広い通りを、帰って行く時、半ば駆足《かけあし》のように追い抜きながら、どの生徒に対しても叮寧《ていねい》な脱帽振りを見せてゆく美少年がいた。彼は新入生の筈《はず》なのに学校に大そう慣れている様子が見られたが、それというのも、実は彼が一年前から居るせいだとの説明が、やがて私に聞えてきた。赤いアネモネが咲きそめる頃で、霜降の夏服と帽子の日覆とが私の記憶にある。その生徒のカラーは何時も真白で、靴は光っていたし、綺麗《きれい》な歯ならびの辺りには、恰も「幸福な王子」のような微笑が見受けられた。なお私が注意を惹《ひ》かれたのは、彼の面差しばかりでなく、全体の容子が、つい先頃まで小学校で一緒だった或る少女に甚《はなは》だ似通っていたからである。何か知ら私には、彼が自分の好きなその少女のきょうだいに受取られるのだった。といって、彼と言葉を交える機会は与えられそうになかった。彼とは級が違うし、それに先方は余り紳士的だったし、彼の友人というのは上級生ばかりのように思われた。

アメサンの庭には金木犀が咲いては零《こぼ》れ、又次の秋に咲いては零れした。そしてその頃になって私はやっと、音楽会の合唱団に加わっている彼に気付いたのだった。彼が片手にした楽譜からは菫《すみれ》色のリボンが垂れていた。それから又、放課後の陽光を反射した運動場に更に眩《まぶ》しく引かれた白堊《はくあ》の線上を、緑色のパンツをつけて走っている彼の姿が眼に止った。一週間に一度床屋へ行くのだとの噂《うわ》さも伝わってきた。又、何時も真白いハンカチを持っていて、そのハンカチで口元を拭《ぬぐ》う癖《くせ》があったので、学業はいっこう香《かん》ばしくないに拘《かかわ》らず、下級生の中には――ちょうど女学生が「お姉さま」と呼ぶように――「お兄さま」の称号をもって彼を崇拝している者もあったようだけれど、私には既にアプリコットの花の様な乙女の記憶は薄れ、従って、彼をもって昔の少女のきょうだいだと考えるようなことは無くなっていた。

アメサンの庭の木犀は更に幾回も咲いては散った。私が学校を出た時、少年紳士は勿論《もちろん》下級生として留《とど》っていたが、毎学期の終りに届けられる学友会誌のページに、私は少年紳士の署名がある短文を読んだ。「真白い聖ポーロの胸像がある部屋へ遊びに行った夕べ、ゲギーさんは蓄音器に合わして、バネ仕掛の人形のように踊って見せてくれたんでした――」この文句は私を驚かせた。以前にも彼の文章は二、三見たことがあったけれど、それらは実は彼の姉さんが書いたのだという新体詩風のものでしかなかった。こんどの「ゲギーさんの話」は箒星《ほうきぼし》みたいに飛躍していたからである。しかも更に次回の発表を見ると、これはもうシュトラビンスキー(6)と花川戸助六《はなかわどのすけろく》(7)とブリキ製のウイスキーが、赤や緑や紫の切りこまざいた紙片となって乱舞している、としか云い様の無いものであった。――この頃、我が「三角派《トリッピリズム》」の創始者は既に東京の学校へ転じていたが、学習院だとは勿論いつもの云い触らしであって、実は私立のミュージックスクールで、しかも新入生の彼は雷門の前で、一群の大学生から、殴っちまえ！　とばかり包囲されたが、「上野です」の一声で囲みを解いてしまったと、そんなことまで風の便りで私は知っていた。その彼が、冬休みに帰省して、私へ電話を掛けて寄越《よこ》した。私が彼の文章を褒《ほ》めたことが、誰かを通じて先方へ知らされたからである。

痛い棘《とげ》のある常磐木《ときわぎ》(8)に蠟燭《ろうそく》が点じられる時刻だった。彼の小さい方の姉さんが、何も彼《か》もごっちゃに盛った大型の西洋皿を二枚、吾々の前に運んでくれた。食事を終えてさあ出掛けようと立上った時に、私の緑色スコッチ地の服の膝《ひざ》がしらを見て、彼が云った。

「其処がいいと思います。その膨《ふく》れてしまった所が大へんよいですね」

戸外は既に真暗であったが、明るい電車内で、私は改めて吃驚《びっくり》した。彼は雛罌粟《ひなげし》みたいな色の沓下を穿《は》いて、バンド付きの青ッぽい格子縞《こうしじま》のオーヴァを纏《まと》っている。尤も私とてもそんないでたちの彼と一緒に歩いたのであるから、我身ばかりが落付き払っていたとは云えないけれど。――学生服の詰襟《つめえり》を匿《かく》す為に彼が巻きつけているのが、白地の中央に太い真紅色のすじのはいった首巻なのであった。彼は私と隣合せに腰かけて、頬に指を差し寄せて、瞳《ひとみ》を天井に向け、暫くのあいだ何か考え事をしている風であったが、やがて頷いて、ポケットから大きなパイプを取出して咥《くわ》えた。

先刻は未だ山上にトワイライトを残していた空は、電車を降りてトアロードの坂に差しかかってみると、目醒《めざ》めるばかりな、それこそ我が少年紳士のいわゆる「ソルベージの歌(9)の星月夜」に一変していた。——が、この晩、吾々は完全に失敗であった。西洋人のクリスマスは、いずれも似たり寄ったりの暗誦《あんしょう》や合唱や黙劇ばかりが出て来て、いっこう面白くなかった。鈴付き紙製三角帽を貰っただけで直《す》ぐに表に出て、もう一つ別な場所へ行こうと、馬の形をしたチョコレートの一片を口に抛《ほう》りこんだ途端、彼は気付いて、雪雄さんを誘い出そうとしたのだったが、そして私は表で待っていたのであるが、雪雄少年のお父さんらしいだみ声が玄関に聞えて、もう来春は中学校の入学試験ですから……とか何とか云って、断っていた。

「気を悪くしないで下さい。あれは只あんな流儀の人ですから。けれども僕らには仲々好意を持ってくれているのです」

彼はそう説明しながら、手にしていた紙帽子の鈴をチリンと鳴らせてかむったけれど、私にはもう総《すべ》てがひどく詰らなくなっていた。其処は山際の狭い段々であった。両側には、ごちゃごちゃ玩具のような洋館が建詰って、そのくせ、その合間には花畠があったり、キャベジが植っていたり、テニスコートが見付かったりするのであった。こんな場所でこそ吾々は燥《はし》ゃいでカリガリ博士を論ずべきであったが、午後じゅう余り馬鹿馬鹿しいことを喋《しゃべ》り合った反動なのか、それとも又、多難なる芸術家の将来に想いを走《は》せたせいであろうか、私は、こんな事を考えている人間は早晩自滅すべき種類なのだと、其処まで突きつめていた。

正面にはケビン(10)から灯影を洩《も》した碇泊《ていはく》中の汽船群が見え、その向うの水平線からは、赤い月が背を出しかけていた。

急に胸が詰り、私の両方の瞼《まぶた》からはポツリと一しずくが落ちた——。　(一九四〇年　四〇歳)

「黒」の哲学

私はやっと物心がついた頃、たまたま姉の勉強机の上にあったエナメル塗りのブリキ函《ばこ》の中に並んでいる各種の色彩の片隅に、「白」を見付けて、これは何用に使う絵具だろうかと、不思議を覚えたことがある。その頃、自分はまだ幼稚園に行っていなかった。姉とは十一も年が違うので、先方は清水谷《しみずだに》の女学校へ通っていたのである。

其《そ》の後、私は色エンピツの中に「白」があることを知った。日本画にも「胡粉《ごふん》」という白いこなが使われていた。白馬があった、白猫が居た。白犬も見掛けられた。ウサギは白が普通であった。自然現象としては「雪」があった。雲は大抵《たいてい》白い色をしている。その頃流行を始めていた自転車の中にも、全体を真白に塗り立てたものが発見された。

こうして「白」とは追々に馴染《なじみ》になって、白こそは最もハイカラーな色でないかと思うようになった。「白」は最大の色かも知れなかった。小学生になって、教員室の壁の役目をしているガラス戸棚の内部に、理科用の標本や実験道具が詰っていて、その中に「ニュートンの円板」を見付けたからである。これは虹のように中央部から放射した各種の色彩のすじから成り立っているが、くるくると廻《まわ》してみると、それらの色合いは重なって、「白一色」に変ってしまうのだった。

姉の絵具函の中には「黒」もあった。これも何の用途を持つものか知らない。日常身辺にはスミと毛筆がある。エンピツもそうである。余り当り前すぎて、とても色彩の仲間に加える気がしなかった。黒い円板をどんなに速く廻しても、やっぱり黒のままであった。黒とは色彩ではなく、どんな色をも吸収してしまうので、そこで初めて黒が現われるということを教えられたのは、もう中学生になっていた頃だが、連続スペクトルの虹縞《じま》の中に間を置いて出現する「フラウンホーファー線」は、その好見本であった。

私はこの点について、ある午後、運動場の脇の通路で、ちょうど向うからやって来た物理の先生と、議論したことを、憶《おぼ》えている。

「それぞれの原子やX線などから出た光線は、その振動数の順序に並びます。光線がやってくる途中に何か他のじゃまがあった時は、それによって吸収されて、その部分だけが欠けるので、そこだけが黒いすじとして取残されるのです」と先生は云った。

「ある光を吸収して出来たものが、その中に光を持っていないなんて、どうして云えるのですか」と私は云い返した。

「その光を、何も彼《か》も吸収してしまうのです」

先生は、事柄の混乱をあわてて回収しようとするかのように、急《せ》き込んで云い続けた。

「——それ故に、その箇所に闇《やみ》が生れるのです」

「しかし、その闇は、光を吸ってしまったから出来たのでありませんか」

「そうです、何も彼も吸い込んで消してしまったから、光も色彩もなくなっているのですよ」

「しかし、水を吸い込んだ吸取紙に水分がすっかり失《な》くなっている筈《はず》はありません」

「キミの云われる水分とは光のことでしょうが、その光を吸い取ってしまったから、黒になるのです」

この議論は、先生と私の周りに人が集ってくるほど長い時間にわたった。結果はしかし、先生にも自分にも判らないままに終っている。

☆

ヘルマン・ミンコフスキーは、時空四次元幾何学の創始者である。一九〇八年の秋、ケルンで開かれた万国科学者大会における講演で、彼は有名な次のような言を吐いた。「今日以後、時間そのもの、空間そのものは蔭《かげ》の下に没し去り、この両者を結合したものだけが、ひとり独自性を保つであろう」と。講演者はその翌年に世を去っているが、物理学は全く彼のコトバ通りに、時空四次元幾何学の第一章になってしまったのである。

しかし、ここに私が持ち出そうとしている、ユージェーヌ・ミンコフスキー（1885〜1972）は、ペテルスブルグ生れで、フランスに帰化した精神医学の第一人者である。加えては彼はベルグソン系の哲学者としても高名である。当然として本人は生涯を通じて野に在《あ》った。そしてヘルマン・ミンコフスキーの測量的、抽象的幾何学を以《もっ》て、「魔の幾何学」だとさえ云っている。

彼は、われわれが手を伸ばして、傍《かたわ》らの卓上から書物を取ったり、椅子《いす》から立ち上って行って、壁面の額縁の傾きを訂正したり、床の上を通り抜けてその次のドアをあけて玄関から出て、近所の誰かを訪問しようと思い立ったり、その途中で別な知人と会って暫《しば》く立話を交したり、あるいは急に忘れた用事に気がついて、引き返したりする空間、即《すなわ》ち彼の云う「くつろぎの空間」を説明するに当って、「黒」の助力を藉《か》りている。

黒い夜はすっぽりと自分を包み、明るい昼間の空間にあるよりも遥《はる》かに深く自分に滲透《しんとう》し、より親しく自分に触れる。闇の夜は視覚空間の澄んだ明るさよりも、もっと物質的である。夜にあっても、私はフクロウの啼《な》き声や仲間の呼び声を聞いたり、遥か向うに微《かす》かな光が尾を引くのを認めることがある。闇夜は、自我に対して、明るい空間よりも、もっと個人的なものを持っている。自分は闇と差し向っている。それは公共の領域である明るい空間よりも、もっと私のものである。だが闇夜について云ったことは、何も闇夜だけに当てはまるわけでない。われわれは、闇のようにわれわれを包み込み、われわれの存在の最奥にまで滲透する「濃霧」についても、同様に云うことが出来る。更にわれわれが見たり知ったりする事物から自分を完全に引き離すために、目を閉じて一曲の音楽に耳を傾ける時にも、同じ事態が生じる。その場合にも、暗い空間と同じように、聴覚空間が私を包み込むであろうが、そこには、自由な空間も、「傍ら」も、見通しも、地平も、生きられる距離も無い。（しかしいつの日かわれわれはこの問題を究明し、生が内包している貴重なものを悉《ことごと》く引き出すことが出来るであろう）

こんどは、絶対的な闇夜を想像してみよう。この真暗闇は、決して光の欠如ではない。それはその中に非常に積極的な何物かを持っている。真の闇は、明るい空間よりも、もっと物質的で、「内容が詰ったもの」であるように思われる。まさにこうしたわけで、黒暗々は自分の前に拡がるのであり、直接に自分に触れ、自分を包み、自分を抱き締め、内部に滲透さえして、自分を通り抜ける。「自我は暗闇に対しては透過性だが、光に対してはそうでない」と云ってもよいくらいである。「生きられる暗闇」の特性を、最もよく、最も直接的に表わすと思われるのが、神秘という現象である。

この特性は、夜そのものに属する性質であるが、それはそこから暗闇の中で生じ得る総《すべ》てのものに拡がって行く。暗闇が突如として活気を帯びることがあっても、暗闇特有の雰囲気を損うことはない。一点の光、一条の閃光《せんこう》がそこに出現し、流星のように暗闇を横切って消え去ることがある。囁《ささや》き、音、声がそこで挙げられることがある。氷のような突風が、そこを吹き抜けることがある。時には囁きや物音でごった返すことすらある。勿論、それらを事物や人々に関連を付けるや否や、暗い空間には、明るい空間に由来する諸表象が導入されて、暗さの程度が柔らげられる。しかし、これらは二次的な作業であり、夜の本源的な性格を研究することを妨《さまた》げない。夜の中で生じるものは、総て神秘を漂《ただよ》わせている。しかし総てそれらのものは、夜そのものより儚《はかな》く、移ろい易《やす》いものに見える。何故《なぜ》なら、いまや物と見なされ、質料とみなされているのは夜であって、夜の中で生じるものは総て偶然事に過ぎないのだから。こうして夜は、これら総ての偶発事に対して、媒体の役を果たし、それらの偶然性を無視して、夜の本質をある神秘な基盤の上に、それを繰返し、投げ返すことによって、それらを一つの全体に結合する。

暗い夜は、分析的な空間ではない。そこには本来的な意味での「傍ら」も、距離も、表面も、延長もない。その代りに、そこには深さがある。暗い空間は、不透明な、限界のない球であり、その総ての半径は等しく、すべてが横幅や高さと並んだそれでなくて、深さという独特な次元を有《も》っている。

自分はコンサートホールの椅子に倚《よ》って、目を閉じて、演奏されている曲目に聴き入っている。そこには空間があるが、音にとっては「傍ら」も距離も延長もないであろう。しかも自分は、身体全部がすっぽりと音楽で包まれているのを感じるだろう。音は、音源と自分とを隔《へだ》てている全空間を充《みた》しながら、ここまで到達し、自分の中に、自分の奥底に滲透し、この空間と自分自身とを一様な音の領界に変えてしまう。自分は、我身を充す調和的な音と接触して、自分をめぐる環境全体と共に震動するのである。

この空間では、闇の夜におけると同様、諸対象との対比から自分の位置を知るわけでない。この空間は社会化されていないから、私に属している。かと云って、そこで起ることは客観的な性格を与えるから、普通に云う主観的ではない。しかし明るさを奪われた自分は、他の人たちがこの空間を分ち合っているかどうかも知ることが出来ない。何故なら、自分には、他の人が自分と同様に聴いているのを聞くことが出来ないのだから。

そのためには、視ることを必要とする。即ち他の人たちが、自分と同じ対象を別な角度から見詰めたり知覚しようと努めたりしていることが理解出来るのは、只視ることによってだけである。旋律を一人で聴こうと思えば、眼を閉じるとよい。絵を一人で観賞しようとすれば、美術館長に、他の一切の観衆の入場を禁じるように、頼まなければならない。

☆

種村季弘《たねむらすえひろ》のいわゆる「黒天鵞絨《ビロード》服を着た小公女」野中ユリは函屋さんである。何故なら、彼女は大小の匣《はこ》が好きで、私の土星がいつの間にやら彼女特製のガラス張りの正六面体の内部に収まっていたり、彼女の標本戸棚の抽斗《ひきだし》をあけると、宛《さなが》らウィルソン山天文台のハッブル博士(1)のコレクションのように、星雲世界の写真が順々に詰め込まれているからである。ここに彼女のために、ミンコフスキーが引用しているフィッシャーの「箱入り空間」を紹介しよう。ちなみにフランツ・フィッシャーは、ミンコフスキーと同じ精神病理学の大家だが、この人の立場では、「分裂病では、病状の進行につれて時間的思惟《しい》が次第に内的空間によって満される」即ち、一つの空間が別な空間によって囲まれてしまうとか、別種の空間内に嵌《は》め込まれたようになるとか云うのであるが、こんな典型的な数例を、参考までに挙げてみよう。「秋の景色が（彼はそれを眼前にしていた）場所を変えないのに、もう一つ別の、非常に繊細で、目に見えない、殆《ほと》んど確かめられないような、空間に浸透されていました。この第二の空間は、暗く、あるいは空虚で、あるいは恐ろしいものでした。これらの実現はどれが一番真実に近いかと云うのは難《む》つかしい。ある時は一つの空間が動くように思われ、又ある時にはそれらは互いに貫ぬき合いました。互いに交叉《こうさ》し合いました。どのようにしてであるかは判りません。空間についてだけ話すのは間違っています。何故なら、私の内部でも同じことが起っていましたから、私に向けて絶えず質問がなされ、休めといい、死ねとさえいい、前進を続けよともいう命令がなされました」

この同じ患者が別な機会に、彼が経験したことを次のように記述している。「私が居た部屋はなお私の目に写っていました。しかしそれは私には全く無縁なものでした。空間は延長し、無限に拡大するように見えました。が同時に、それは内容が空になったようでした……。私は完全にひとりぼっちで、見捨てられているのを感じ、自分自身を充《みた》すことが出来ず、無限の空間に引き渡されていました……。その空間は儚い性格であるのに、私の前に威嚇《いかく》的にそそり立っていました。それは私にとって私自身の空虚さと私の魂の崩壊とを、直接的な仕方で、完成するものでした……。私は目の前に渦巻を見ました。いや、もっと正確には、自分自身が限られた狭い空間の中でぐるぐると廻るのを感じました。この渦動は、運動すると同時に不動でした。時間が崩壊するにつれて、先にも述べたあの古い空間、別の空間の函数《かんすう》であった触れることの出来るあの古い空間も、崩壊しました」。別の患者は、自分の感じを次のように表明した。

「空気、部屋の中の家具のあいだにある空気は、まだそこにあります。しかし家具そのものはそこにありません。ときどき私は、寝台の横木、枕《まくら》、壁、窓など、いろいろな対象を、順を追って、考えて行かねばなりません。しかもそのたびに、私が考えたものは消えて行きます。空虚な場所が次々と付け加わって行くのです。しかし総てがやはりそこにあります。またときどき総てのものが空になります。全世界の海という海が、こうして干上ってしまい、私は恐怖を感じるのです」

ところで若《も》し！　絶対的暗黒の上方めがけて、ひと摑《つか》みの星屑《ほしくず》をほうり上げたなら、どうなるであろうか。アレアレという間にそれは数を増し、ついに全天一面に絢爛《けんらん》無類な星模様を織り出すことに相違ない。それこそ「御空の花を星と云い、地上の星を花と呼ぶ」程度では間に合わない。あのエマーソンが云った「もし星が千年に一夜だけ現われるものならば、此処《ここ》に表わされた神の都の記憶を如何《いか》に人は信じ、憧《あこが》れ、又、後の代にまで伝えることであろう」。まさにこの大景観でなければならない。しかもそれは「生きている空間」である。ジュール・ラフォルグは、大空間にみちみちている宇宙の陣痛の呻《うめ》きを想像したが、こちらは二千五百年の昔に、ピタゴラス(2)が聴き入った星々の大交響楽でないのか。何故なら、ベルグソンが『創造的進化』のページで、帆立貝の舌を引用して述べているように、視覚というのも一種の触覚に他ならないからである。

（一九七四年　七四歳）

放熱器

　雨があがった朝、わたしはお父さんとならんで歩きながら、問いかけました。字がある所へ針がやってきて時間を示すことはよく判るけれど、長い針が「分」を知らせるとはどういうわけかと。お父さんは答えるのです。もう少し大きくなるとひとりでに判ると。――このとたんわたしはぬかるみに足をすべらし、お父さんはいち早くわたしの片腕を引き上げました。わたしの半ズボンの膝《ひざ》小僧には泥がつきました。カッケンブス空気銃の革ケイスを持ち直したお父さんは、ハンカチを出しました。

……こんなことがあった日ですから、もうよほど以前の話です。ともかく頭の上には碧《あお》い空が見え出して、郊外電車を降りた二人づれは、石英《せきえい》が光っている広いひとすじ道を歩いていました。わたしはその突きあたりに競馬場があることを知っていましたが、かたえの藁《わら》だらけの小屋の方から、恰好《かっこう》のいい茶色の馬がひとりの男につれられてやってきて、すれちがう時わたしは、馬のつやつやした胴にSと白く抜いた濃い緑色のキレがかけてあるのを見ました。二人がわきへそれて、曲りくねった村里の道を通っていた時、お父さんは先刻からしきりにしらべていた地図をポケットに入れ、水溜《みずたま》りを飛びこえると、とある家と家とのあいだを抜けました。なんでも近頃外国から帰ってきた人をたずねてみようというのでしたが、二人がはいって行ったのは、ペンキの香がする博覧会の建物のようながらんとした所でした。この裏かたには一面に陽《ひ》が射《さ》し、金や緑の粉がムンムン渦巻いている花ざかりの野原があって、そのあっちこっちに白い、大きな箱が散らばっていました。そしてお父さんの旧友だという人は、或《あ》る箱に近づいてふたを取りのけました。内部には枠が幾枚ともなくはいって、それには薄墨色の穴だの、たいそう壊れ易い薄いものが張られていました。

競馬場への路上で拾った蹄鉄《ていてつ》を見るたびに、馬の腹がけのSの字と、そして例の奇妙な枠のことが浮かびました。むろん枠については蜜蜂《みつばち》の家だとお父さんから教えられていました。そしてあの時自分は、ぶんぶん飛びまわっている焦茶色の小さなものにビクビクしていたし、そんな蜜蜂はお父さんの友だちの肩先や頭にいっぱい止り、こうやってこちらから仲よしになりさえすれば決して刺したりなんかしない、と聞かされたことが思い合わされます。が、しかし蜜蜂と孔《あな》だらけの枠のあいだにどんな関係があるのだろう？　そこにはそれだけの理由があるにしても、なぜあんな奇妙なものでなければならないのか、それがわたしに納得されぬのでした。わたしがお父さんといっしょに暮していた大都会を離れて、別の海べの小さな町にお母さんと住むようになってからも、さきの疑念はしばしばよび起されました。田舎の住いの二階の張出窓の横などに孔だらけのものが見つかって、わたしはそれに石を投げてみたり、人に頼んで取ってもらったりすることがあったからです。こちらで何と力んでみたところで、蜜蜂が勝手にあんなものを作るのであるから、六角形の水晶と同様致しかたのない話だ、とわたしは思っていました。が、さてその通りだとしても、この孔だらけの巣があんな箱の中に作られるとすると、いささかふしぎになってきました。自由にぬきさしできる枠があったら、せっかく作られた薄墨色のものはそのたびごとに壊れねばならぬ。それなのにあの時、お父さんの友だちが枠を引きぬいたが、かくべつ枠に張られていたものがつぶれたように見えなかった。蜜蜂も怒りはしなかった。そんならあれはどんなふうに仕組まれているのかな？　こんどあんな箱がどこかで見つかったらよくしらべてみよう、とわたしは考えるのでしたが、この次第がいつか別なことに変りかけていました。それは自動車の正面にくっついているものでした。

お父さんが居残っていた大都会には、以前、紫ばんだ乳色のけむりを吐き出して走る乗合自動車がありました。ガスの臭いで頭痛が起ると云って、人々はあまり好んでいませんでしたが、わたしにとっては、茶臼山《ちやうすやま》のウオーターシュートや天王寺公園のメリーゴーラウンドと同じ程度に好ましいものでした。わたしは、箱形自動車の青塗のボディについている金色の星のマークや、それがラッパを鳴らしてコバルト色の夕やみの向うから、お化けみたいな眼玉を光らせてやってくるところなどを色鉛筆でかいていました。こんな絵にはむろん、正面のヘッドライトに挟まれた、どうやら金属製らしい「蜜蜂の巣」もつけ加えられました。けれども特にこの「蜜蜂の巣」が、しめった地面におもしろい形をつけるゴムタイアや、運転手が握っているハンドルの輪よりもいっそう注意を引きはじめたのは、やはり海べの町へ引越してからのことでした。日曜ごとに神戸の方から、何とも云えぬハイカラーな臭いをまきちらす、小さいけれども、青塗のバスとはくらべものにならぬ、りっぱな自動車がやってきて、三角旗を竿《さお》の先にひらつかせた海岸の旅館の前にとまりました。そんな時友だちは、自動車に乗ってきた金髪の子供たちや、かれらの一人が手にしている小さなヨットの方に注意を向けていましたが、わたしは、むしろいつか見た飛行機の羽根みたいにピッチリと張られた幌《ほろ》や、昆虫のまなこのようなヘッドライトに心をうばわれました。それから前にしゃがみこんで、「蜜蜂の巣」をのぞき込むのでしたが、その奥の方は真暗で、ただ機械油とガスと埃《ほこり》とがいっしょになった暖かい臭いがしているだけでした。それで、そっと表面に手をあててみると、たいへん熱を持っています。自動車は時に動かなくなり、運転手と主人の西洋人とがかわるがわる、「蜜蜂の巣」の下方にあるハンドルを廻していました。そんな時には前方のおおいが開けられ、わたしは、何か簡単すぎてあっけない気がする発動機と、その前部にある扇風機を見るのでした。が、例の「蜜蜂の巣」は裏側から見ても同じことで、向うの景色が見えるほど孔々は突きぬけていました。

すでに此《こ》の国で試験が始まっていた飛行機の発動機も、自動車のそれと同じであることを、わたしは知っていました。三月の野に影を落して飛んでいた単葉式飛行機の羽根が折れて、塔乗の士官が二人ぎせいになったことがあってすぐの話でした。アメリカから新しい機械をたずさえて帰朝した飛行家があって、以前蹄鉄をひろった道の向うにある競馬場で、その飛行会が開催されました。写真でみると、この飛行機は三箇の滑走車がついた大型な複葉式で、発動機の前に座席がありました。だから、操縦者の背のちょうどうしろに長方形の「蜜蜂の巣」がついていました。わたしは実物を見たときのことをよく憶えています。五月のはじめの晴れた午前、青麦の上につばさ鳴らして、遠くへ飛んで行った飛行機はふたたび帰ってこなかったのでした。そしてわたしは後日、記念品として陳列された墜落破壊した機体と向かい合っていたのです。翼布にぬられたゴムや、ワニスの匂いとまじった外国の木材の高い香りが、こんなおもちゃのような機械が持っている或るきゃしゃな、ハイカラーさをよけいにそそって、わたしは、まだこんなにゴムやワニスの香がプンプンしているのに、これに乗っていた飛行家がどこにもいないというのはなぜであろうか？　などと思案したものでした。ハンドルや座席や、針金や、滑走装置のパイプやはごちゃごちゃにこんがらかっていましたが、「蜜蜂の巣」はただニッケルのふちがゆがんでいるばかりでした。

「あれは何をするものかしら？」

わたしはそれを指して、連れそっていた家の書生に云いかけました。

「さあ……機械を冷《ひや》すのでしょう――あそこを風が通って」

とかれは、そこにくっつけられた「放熱器《ラジエーター》」という説明の名札を見ながら、答えるのでした。そして自身がこの飛行機を練兵場で観た当日を、思い出したのでしょう。「――Vron Vron Vrrrrr……砂煙をたててハンドルを握って何万の人出の前を滑走するのはいいなあ。ぼくも飛行家になろうか知ら」

――あんな孔を風がぬけたところで仕様がないじゃないか？　とわたしは、それ以上は考えようとしない相手に不満をおぼえて考えました。――そんなら発動機の塵除《ちりよ》けであろうか？　いや「蜜蜂の巣」は却《かえ》って埃を集めるようなものだ。それに放熱器と説明してあるところを見ると、どうしても機械と直接の関係がなければならぬ。……それだけに、そんな見当のつかぬ代物であっただけに、即《すなわ》ちそんな奇妙なものがついているから、自動車や飛行機の上には、友だちに判らせることが困難な、或る特殊なエフェクトが織出《おりだ》されているのだということが、私にはよく判っていました。――このカーティス式[1]飛行機の模型を作り上げて、それを手に持って学芸会で飛行機の話をした時でした。「蜜蜂の巣」は長方形の木片にワニスをぬって代用されていました。それで講話が終ってから、「こちらから見てきらきらしているものがあったが、あれはガラスなのか」という質問を受けました。せっかくのものがガラスに見られました。けれどもともかく他の者がそれを注意し、しかもこの相手は自分の好きな少女でしたから、わたしは得意でした。

「蜜蜂の巣」の中には水が通っているとは、どこかで聞いたようでしたが、この次第はやがてお母さんが買ってくれた飛行機の本によってたしかめられました。赤いクロース張の表紙に、フランスの野の上を飛んでいるファルマン式飛行機の彩色画が貼《は》りつけてある英語の本は、子供向きに書かれた解説書でした。それですぐ発動機の章まできて、わたしは、いわゆる「オットー氏エンジン[2]」の原理を知ったのでした。そしてそんな電気の火花を用いてペトロールのガスを爆発させる仕組の動力においては、機械そのものの過熱をふせぐために、二重にしたシリンダーの壁にたえず水を循環させる必要があり、問題の「蜜蜂の巣」とは、他ならぬこの水を急速に冷却させる装置であることを了解したのでした。これですっかりよめました。同じ放熱器にも、モーターサイクルや、機関銃に見うけられる鍔《フィン》、飛行機用発動機にもこの種のものがありますが、こんなたくさん重ねられた鍔は、これはただ風当りをよくするだけのものでした。ヴァルブやパイプがごちゃごちゃしている飛行機用発動機の中にも、蒸気機関と同様なピストンがうごいているということといっしょに、「蜜蜂の巣」のたね明しはなんだかあっけない次第でした。けれども、それだけ知識をあたえられたので、その当座わたしはほとんど有頂天になっていました。どんな紙きれにもオットー氏エンジンの断面をえがいていました。うしろからふいにやってきた英語の先生が、その紙を取上げました。かれは上下にひっくら返していましたが、見当がつきません。「あきれたもんだ!」とおしまいに先生は云いました。「この生徒は自転車屋さんになろうと思って、いまから一生懸命だよ」ドッと教室じゅうに笑いが起りました。

☆　☆　☆

「こいつはなかなかダンディだよ」

先日、わたしはよその乗用車の前面にある銀灰色の孔だらけのおもてを指先で叩《たた》きながら、申しました。

「――それほどまでのことをしなくてよさそうなものなのに、あえてそんな細工がしてあるような代物だからね。しかし、そんなものである以上、他のものでは有りようがなかったわけだ。螺旋《らせん》などはまだ常識的だ。が、こいつは、どこからか手をつけて作られた代物であるくせに、どこにも手をつけさせぬものを持っている」

するとあい相手が云いました。

「蜂だって初めは円筒を作るだけだろう。それが重なるからあんなものになる……」

次の日、わたしはもういっぺん口に出しました。

「自動車の正面にある蜜蜂の巣はしゃれている」

友だちは相槌《あいづち》を打ちました。

「あそこには夢が棲《す》んでいるね」


（一九二九年 二九歳）

夢がしゃがんでいる

若《も》し4だとすれば、斜線はそのままにして、たての線とよこの線を伸ばす。Aならば、凭《もた》れ合っているどちらか一方の線を延長します。そんな形になった辻が、私の通学の道すじにあって、まんなかの三角形の区劃《くかく》内に、三角形の玩具のような洋館が立っていました。二階建でしたが、私にはその形をしたマシマロウのように思えて仕方がなかった。というのは、全体が薄い緑色に塗られて、しかも相当に年代が経ってペンキに粉がふいていたからなのです。何かの店かというに、そうでありません。何の看板も標札も出ていないこの家に、一つだけ付いているニス塗のドアが、広い通りに面して、いつもぴったり締《しま》っているきりです。と云って住宅だとは受取れないし、事務所でも測候所でもなく、てんで見当のつかぬ妙な代物でした。

いったい何人がここに出入りしているのか、と私は、その前を通りかかる度毎に首をめぐらしました。しかし煉瓦《れんが》の段々の上にあるドアはむろん、その両側の窓も、二階の窓も、裏手の窓も、いずれも鎧戸《よろいど》が鎖《とざ》されて、きのうきょうに開かれたけはいとて窺《うかが》われません。空屋だったのかなと思ったのは、二、三週間も経ってからでした。何故《なぜ》なら、鎖された戸口や窓は、いまは不在だという感じを与えていたのでした。そしていつも何処《どこ》かに出掛けているあるじと云うのは、きっと閑《ひま》な物好きな人物であって、たいてい夜明けか、あるいはお昼前の、余り人に気づかれないような或《あ》る刻限を見計らって、ひょいとドアを抜け出し、多分その奇妙な道楽によってその一日を、時には数日間を過すであろう或る場所に出向いて、夜遅く蝙蝠《こうもり》のように舞い戻ってくることに相違ない。そんな想像を私はめぐらせていたのです。ところで空屋かなと気がつくと、どうやらそうらしい。きれいではあるが、決して新らしいとは云えぬ小屋を彩った緑は色褪《あ》せて、いまも述べたように、マシマロウを連想させるほど、所々剝《は》げたペンキには粉がふいています。埃《ほこり》まみれの鎧戸の或る者には蝶番《ちょうつがい》が外れています。かと云って、別に荒れた気持も起させない。そればかりか、まるで表現派の舞台装置のような異形なものが、辻のまんなかにおっぽり出されているのに、きわめて物静かな調和があって、一種の品の良さが覚えられるのでした。それで次の日、薄い朝靄《あさもや》がかかった三角辻を通った私は、やはりここには誰か住んでいるのだと思い直しました。

連れがある時は、いまのような幻想は、家を見た瞬間だけに閃《ひらめ》くのでしたが、自分一人の折には、私の編上靴《あみあげぐつ》が私のからだを、そこからトアホテル(1)の赤い円錐《えんすい》を頂いた塔の見える坂上へ連れて行くまで続きました。そして私は、自らでっち上げた探偵気分に酔っている時がありました。新教室にも馴《な》れて、お昼前の退屈な授業時間などに、自分は晩春の陽《ひ》ざしを眩《まぶ》しく照り返した若葉を窓外に眺めて、「ちょうどいま頃だな」と思って、この時刻にあのニス塗のドアを素早く抜け出て、その辺の露路《ろじ》に紛れ込んでしまうであろう緑色の家のあるじの姿を、あれこれと想像してみたことを、私は憶《おぼ》えています。

友だちに話したことがあります。それは日の当る所では青い色に見える帽子をかむったOという混血児の同級生でしたが、私が前々から告げようとしながら、つい忘れていた件を持ち出すと、

「あ、三角辻のグリーンハウスかい」

と彼は頷《うなず》きました。

「ありゃ可笑《おか》しな家じゃないか。誰が住んでいるのだろう」と私はあとを続けました。

「さあ……」Oは首をかしげて、「ひょっとすると夢かも知れんぞ」

「何？　いや何だと云うんだ？」

「そうさ、あの家にはきっとこの都会の夢が棲《す》んでいるんだぜ」

友達が繰返して、大きな目を剝《む》きながら云って笑ったので、私もいっしょに笑いました。あとになってみると、奇妙に彼の何気ない言葉が中《あた》っているような気がするのです。私はその日の帰途に、待ちかまえるようにしてグリーンハウスの、埃の積んだ二階の鎧戸を見上げました。

ここに夢が棲んでいるのだとすれば、それは二階であろう。そこには緑色のカーペットが敷いてあり、緑色のカーテンが下って、緑色の天鵞絨《ビロード》を張った椅子《いす》があって、いつもたいそうきれいに掃除されて、塵《ちり》一つ見つからぬに相違ない。——こう想像を走らせると、その通りの品物が、小さな空屋のドアをあけて階段を登ってみると現にあるような気がするのでした。じゃそこに居る「夢」はどんな恰好《かっこう》をした者であろう？　家の前を過ぎて広い坂道を下りながら私は続けました。――相手はなにか長い白髯《しろひげ》を垂らしたおじいさんのようである。そのおじいさんの「夢」が、窓々を鎖した不等辺三角形の二階の床のまんなかにしゃがみ込んで、たぶんその前でちらちら揺れている蠟燭《ろうそく》の灯に我が影を、天井と壁一杯に投じて、じいっと夜も昼も身動きもしないでいるようだ。が、それとはまるで反対な、スミス先生の姪《めい》のゲギーさんのような、ピンク色のワンピースを着た少女のようでもある。そしてそのバネ仕掛の人形のように快活な「夢」が、あの真白い聖ポーロの胸像があるゲギーさんの家へ自分が遊びに行った夕べのように、緑色の敷物の上で蓄音器に合わして、ぴんぴん踊っているのであるまいか？　いやそれよりもっとへんなもの、ピカビア(2)の意匠にあるような、赤い三角や白い球や青い立方体から成ったグロテスクなお化けのようでもある。それとも、人間の眼には見えぬ透き徹《とお》った霧のかたまりで、これが場合によって何にでも変化するのか知ら？　以来、さまざまな形で「夢」は頭を擡《もた》げるのでした。宝石の屑《くず》のような星々が満天にばら蒔《ま》かれている狂おしい初夏の夜など、真夜中すぎに緑色の小屋のドアから首を出した「夢」が、通りを横切り、マントーの裾《すそ》を引き摺《ず》って、そしてたぶんシルクハットを斜めにかむって、左手にカンテラ、右手に杖《つえ》、両側に玩具めく洋館がごちゃごちゃと積み重《かさな》っている山裾の狭い段々をよちよちと登って行くさまが、私には眼の前に見えているように描かれました。——そんな話をOに聞かせると、彼はまつげの長い眼を輝かせて、「自分には午前一時頃、あの家の入口の左右には、クラブの形とスペードの形をした、いずれも葉の密生した植木が立っているような気がする」などと、彼らしいことを説くのでした。学校への往復の途次に見る小さな三角形の家には、このようにわれわれの或る奇妙な、軽快な、それでいてどこかに哀愁をこめた童話風な憧《あこが》れの心持が托《たく》されていました。とは云え、友達と喋《しゃべ》りながらそこへ来かかる時は全く閑却《かんきゃく》(3)されています。巴里《パリ》製の香水罎《びん》のような洒落《しゃれ》た夢心地をそそり立てる緑色の家の他に、われわれには目下湊川新開地の朝日館で上映されている連続冒険活劇や、また鳴尾《なるお》競馬場での飛行機大会があったからです。

もう私が四年生であった頃でした。その時になっても三角辻のグリーンハウスは、三年前に初めて中学生になった自分が、いそいそとした新学期の通学の途中で見かけたのと、別に変りもなく立っていたのです。ちょうどその春が去って、海のかなたから紺と褐色の燕《つばくろ》がやってくると共に、私達の制服が霜降の夏いでたちに変った日の午後のことです。

私が例の辻に差しかかると、緑色の家の前に人だかりがあるのでした。それは大旨《おおむね》退《ひ》け時刻にあった附近の小学生でしたが、私はグリーンハウスの上に何事かが起っていることを直観しました。それを知るなり私は、足掛け四年にわたって好奇心の対象だった洋館に、そんな異常を見かけた自分は駆け付けたかと云うに、決してそうでありません。只面倒《ただ》臭い気がしました。で、そのまま歩調も変えずに近付くと、ニス塗のドアが開いて、その向うに階段と帽子掛の円鏡とが見えました。にも拘《かかわ》らず通りすがりにちらっとその方へ首を曲げただけで、私は行き過ぎました。私のすぐ前を、日頃から注意していた下級生が歩を進めていたからです。私は学校の門を出た時から、先方の交互に踏み出されるうしろ姿のズボンの上部に、Tの字の皺《しわ》が出来て、それが足の運びにつれてΓとなり⅂となるのを見ながら、あとをつけてきたのでした。今迄《まで》にもこんな機会をたびたび取り逃していたので、ひとつ今日こそは相手の家を見当づけようと、私は張り切っていました。といって、Tの変化ばかりに気を取られていたわけではありません。正直なところ、三角辻に人だかりを認めた時、その少年もそこに立ち止るだろうと思いました。そうなったら、自分は傍に立って、先方の首すじの生えぎわや、粉がふいたような頰《ほほ》のラインを、触れるばかりにして眺めることができようし、それぱかりでなく、緑色の家をきっかけに何か話しかけてもよいことになるかも知れない。ところが手前勝手な予想は脆《もろ》くも眼前にぶち壊され、少年は只人が集っているのをちょっと見返したのみで、やはり先のように、蝶《ちょう》の形にインキのしみがついた白い教科書の包みをかかえて通り過ぎて行ったのです。軽い失望に打たれた私は、それでも、そんな物見高いことを好まないでいる相手を、床《ゆか》しいことに思い直して、自分もこんどは、Tではなく、彼の恰好のいい靴のかかとの所を見守りながら、ついて行ったのでした。

推移は学校の上に、私の上に、私の友達の上にめぐりました。しかし山手通りの入口にあるグリーンハウスだけは、テニスコート脇の櫟《くぬぎ》林が切り拓《ひら》かれて、そこに総煉瓦の大講堂が出来ても、苺《いちご》畑であった学校のぐるりに家が建ちつんできても、市電終点から学校まで続いた一本道に線路延長が始まっても、やはり昔通りに、オートモビルがひっきりなしに行き交う三角辻の中心に、埃を浴びながら、妙にひっそりしたアトモスフィアを伴って、取残されたように、また一切から超越したかのように、立っていました。その四年生の第二学期に、「あそこにはこの都会の夢が棲んでいる」と洩《もら》したOがアメリカへ去り、「こちらには霧が多いので、夜になると水底に住んでいるような気がする」そんな文句を書いた桑港《サンフランシスコ》からの絵葉書が私に届いた時にも、それから早くも卒業することになった私が、式場の瓶に差してあった桃の花の印象の中に、過ぎ去った五年間の事共を結びつけて、三角辻へ来かかった時にも、小さな緑色の家は、紫ばんだ空の下に、五年間を通して見たのと変りもなく立っていました。

更に三年経過した去年の夏、少年時代を過した海港へ立帰った私が、山手の三角辻を通ってみると、もうグリーンハウスはなくなり、そこは只の芝生になっていました。三角形の石囲いに添うて、ドロップのような松葉牡丹《ぼたん》が埃を浴びていました。それだけのことでした。なにもあの春の終りの午後に、どうして自分はここに立止って年来の疑問を釈《と》こうとはしなかったのだろう？　そんなことを思ったわけではありません。

「夢がしゃがんでいる……」

そんなことを何気なしに呟《つぶや》きながら、私は芝生の脇《わき》を抜けて、港の街の賑《にぎ》やかな方へゆるい坂を下って行きました。

（一九二三年　二三歳）

註

月と虫

1［ムッソリーニ］ベニート・ムッソリーニ（一八八三―一九四五）。イタリアの政治家。独裁体制をしいたことで有名。**2**［カール・ヒルティ］スイスの哲学者、公法学者、政治家（一八三三―一九〇九）。**3**［謡曲に出て来る少年］能「花月」に登場する少年花月のこと。

何故私は奴さんたちを好むか

1［エディントン］アーサー・エディントン（一八八二―一九四四）。イギリスの天文学者。**2**［アルゴル］ペルセウス座の恒星。二等星。**3**［シリウス伴星］おおいぬ座の首星であるシリウスは二重星で、相互に引力を及ぼし合っている主星と伴星がある。**4**［イオン］正または負の電気を持つ原子、または原子団。陽イオンと陰イオンがある。**5**［自由電子］真空中や物質中を自由に運動する電子。**6**［ホーキ星］彗星の異称。**7**［フレンチメキスト］明治時代に販売されていた菓子。**8**［カルデアの牧人］アルカディアの牧人。理想郷の意味。**9**［トーキー］発声映画。無声映画はサイレント。**10**［ミリカン氏］ロバート・ミリカン（一八六八―一九五三）。アメリカの物理学者。**11**［ニキタ・バリエフ］ニキータ・バリエフ（一八七七―一九三六）。役者、劇作家。劇団蝙蝠座で活躍する他、映画「Once in a Blue Moon（ピエロの夢物語）」の出演作あり。**12**［臭素加里］臭素酸カリウム。**13**［硅酸］硅素と酸素と水素の化合物。**14**［硼酸］ホウ酸。無色・無臭でうがい薬、消毒および軟膏製剤として使う。**15**［ウファ］ドイツの映画会社ウーファ（UFA）のことだと思われる。**16**［水銀ランプ］水銀灯のこと。**17**［ステッドレルペンシル］ドイツの筆記具メーカー、ステッドラー。**18**［ラフォルグ］ジュール・ラフォルグ（一八六〇―八七）。フランスの詩人。**19**［アルトラヴァイアリット］ウルトラバイオレット（UV。紫外線）。可視光線よりも短い波長を持つ。

彗星一夕話

1［ウインネッケ彗星］ポンス・ヴィネッケ彗星。周期彗星。一九一六年、二一年、二七年に大出現した。**2**［室生さん］室生犀星（一八八九―一九六二）。詩人、小説家。**3**［リーマン］ベルンハルト・リーマン（一八二六―六六）。ドイツの数学者。**4**［ミンコフスキイ］ヘルマン・ミンコフスキー（一八六四―一九〇九）。ロシア生まれの数学者。**5**［思惟］心に深く考え、思うこと。

緑色の円筒

1［一千一秒物語］稲垣足穂の初めての著作。一九二三年刊行。**2**［ふうてん病院］精神病院の俗称。**3**［表現派］表現主義の芸術家。二〇世紀初頭、ドイツから始まる。自然主義・印象派の反動から、対象を極端に変形、歪曲する傾向がある。**4**［構成主義者］構成主義は第一次世界大戦後、ソ連から始まった抽象芸術の流派。金属、ガラスなどを使い、機械的、幾何学的な形態を用いる。**5**［ジョルジョ・ディ・キリコ］ジョルジョ・デ・キリコ（一八八八―一九七八）。イタリアの画家。**6**［輓近］ちかごろ。**7**［ガス燈］石炭ガスを燃料とする灯火装置。ガス・ランプ。**8**［アントラー］雄鹿の枝角。**9**［カレイドスコープ］万華鏡のこと。**10**［ゲイム］ゲーム。**11**［ポオ］エドガー・アラン・ポー（一八〇九―四九）。アメリカの小説家。**12**［舷側］船の側面。**13**［アラベスク］イスラム美術の装飾模様。幾何学模様や唐草模様などを多用する。**14**［ゴーゴンの首］ゴルゴン。ギリシャ神話に登場する三姉妹の怪物。**15**［ミジュサ］メドゥサ。ゴルゴン三姉妹の一人。蛇の頭髪を持ち、見る者を石に変える。英雄ペルセウスによってその首を切られた。**16**［Pandemonium］大混乱の場所、伏魔殿、地獄。**17**［穹窿形］アーチ形。

月に寄せて

1［一尺］約三〇・三〇三センチ。**2**［二三分］一分は約三・〇三〇三センチ。**3**［丸山薫］詩人（一八九九―一九七四）。**4**［エスさま］イエス・キリスト。**5**［聖アントニオ］カトリックの聖人。魚に説教した逸話で知られる。**6**［箴言］旧約聖書の一書。格言や教訓を多く含む。**7**［ソロモン］旧約聖書に登場するイスラエルの王。**8**［望月］満月。

俳諧では陰暦八月十五夜の満月を指す。

大きな三日月に腰かけて

1［アンダースン］カール・アンダーソン（一九〇五―九一）。アメリカの原子物理学者。ミュー粒子を発見。
2［城左門］日本の詩人、小説家（一九〇四―七六）。
3［メトラー］ヨハン・ハインリッヒ・メドラー（一七九四―一八七四）。ドイツの天文学者。**4**［グルイトゥイゼン］フランツ・フォン・グルイテュイゼン（一七七四―一八五二）。ドイツの天文学者。**5**［ハンゼン］ペーター・ハンゼン（一七九五―一八七四）。デンマークの天文学者。
6［ハンス・プァアールという人の冒険］エドガー・アラン・ポー「ハンス・プファールの無類の冒険」。**7**［画箋紙］書画用の用紙。

月は球体に非ず！

1［シャボン］石鹼。**2**［コピエル・ロオト］戦前に発売されていた特殊なインクを使った鉛筆。**3**［サモタルのルキアン］ギリシャの風刺作家、ルキアノス。**4**［シラノ・ド・ベルジュラック］フランスの文人、自由思想家（一六一九―五五）。『月世界物語』の著作がある。**5**［ウェルズの「初めて月へ行った人」］H・G・ウェルズ（一八六六―一九四六、イギリスの小説家）の『月世界最初の人間』。
6［ジュール・ヴェルヌの「地球から月へ」］ジュール・ヴェルヌ（一八二八―一九〇五、フランスの小説家）の『月世界旅行』。**7**［ジュール・ラフォルグ］「何故私は奴さんたちを好むか」註**18**参照。**8**［ジョージ・メリエス］ジョルジュ・メリエス（一八六一―一九三八）。フランスの映画製作者、奇術師。**9**［ジャンダーク］ジャンヌ・ダルク。一五世紀、神の信託を受けたと信じて軍を率い、百年戦争でイングランド軍を撃破するが、異端とされ、火あぶりにされた。

おそろしき月

1［天瓜粉］シッカロールの一種。天花粉ともいう。
2［セレネ］セレーネーとも呼ばれる。ギリシャ神話の月の女神。**3**［アルテミス］ギリシャ神話の狩猟・貞潔の女神であり、また、月の女神でもある。**4**［サイケ模様］一九六〇年代後半から流行した極彩色の模様。サイケはサイケデリックの略。

空中世界

1［キネマ］映画のこと。

庚子所感

1［ツェッペリン伯］フェルディナント・フォン・ツェッペリン（一八三八―一九一七）。ドイツの軍人、発明家。**2**［コンスタンツ湖］ドイツのバーデン湖。**3**［ライト兄弟］兄、ウィルバー（一八六七―一九一二）と弟、オーヴィル（一八七一―一九四八）のライト兄弟はアメリカの飛行機製作者。人類初の動力飛行に成功。**4**［マックス・プランク］ドイツの理論物理学者（一八五八―一九四七）。

神戸三重奏

1［パラピン紙］パラフィン紙。**2**［ライジングサン石油］昭和シェル石油の前身。**3**［コロナ］太陽大気の外層。淡光を帯びている。**4**［カスチール］ドイツのファーバーカステル社。**5**［マシマロウ］マシュマロ。**6**［セルロイド］ニトロ＝セルロースに樟脳を混ぜた半透明のプラスティック。**7**［ゼラチンペーパー］薄いセロファンのようなもの。**8**［快漢ローロー］「快漢ロロー」。大正時代のアメリカの連続活劇映画。サイレント。**9**［名金］「快漢ロロー」同様、大正時代のアメリカの連続活劇映画。**10**［オーケストラボックス］舞台やスクリーンと観客の間に設けられた、音楽演奏席。サイレント（無声）映画ではオーケストラによる演奏が行われた。**11**［キネオラマ］キネマ（映画）とパノラマの合成語。パノラマに光を当て、景色を変化させる。明治から大正にかけて興行された娯楽のひとつ。**12**［旅順海戦館］明治期に開催された博覧会のパビリオン。**13**［岩見重太郎］伝説の豪傑。**14**［パテェ兄弟］フランスの映画、音響会社。パテェ社の創業者。**15**［赤いオンドリ］パテェ社の映写機には赤い雄鶏が描かれていた。**16**［亀山巌］詩人、画家（一九〇七―八九）。**17**［リュミエール］フランスの映画製作者、リュミエール兄弟（兄・オーギュスト、一八六二―一九五四。弟・ルイ、一八六四―一九四八）。シネマトグラフを発明、「映画の父」と呼ばれる。**18**［サファイアボール］レコード針の先端。サファイア、ダイアモンドなどがある。**19**［赤松入道満祐］室町中期の武将。**20**［将軍義教］室町幕府第六代将軍、足利義教。**21**［ヒドラ］ギリシャ神話に登場する九つの頭を持つ水蛇。**22**［竹中郁］詩人（一九〇四―八二）。**23**［堀辰雄］小説家（一九〇四―五三）。**24**［五加皮］中国の薬酒。**25**［紅唐紙］中国渡来の赤い紙。書などに使う。

ガス灯へのあこがれ

1［ゲオルグ・カイゼル］ドイツの劇作家（一八七八―一九四五）。**2**［沙良峰夫］詩人（一九〇一―二八）。

グッドナイト！ レディース

1［クラレット］フランス・ボルドー産の赤ワインのイギリス式の呼び方。**2**［スタウト］イギリスの黒ビール。**3**［リットル・セアター］リトル・シアター。**4**［エルサレム］エルサレム神殿。**5**［ボットゥル］ボトル。**6**［サフォー］サッフォー。ギリシャ紀元前七世紀頃の女性抒情詩人か。**7**［陸影］海から遠くに見える陸地。**8**［マリネッティ］フィリッポ・トンマーゾ・マリネッティ（一八七六―一九四四）。イタリアの作家。**9**［カント］イマヌエル・カント（一七二四―一八〇四）。ドイツの哲学者。

工場の星

1［浅野造船場］横浜にあった民間の造船所。**2**［アークトルス］うしかい座のα星。**3**［野尻抱影］天文随筆家、英文学者（一八八五―一九七七）。**4**［ヌートレア］ヌートリア。リス目ヌートリア科の哺乳類。泳げるため「海狸《かいり》鼠《ねずみ》」とも呼ばれた。日本では軍用毛皮獣として飼育されたこともある。**5**［コニーデ式］円錐形の火山。**6**［神の大経綸］神の方策。**7**［誤謬］誤り。

飛行者の倫理

1［ベスニエ］一六七八年、フランスの鍛冶屋ベスニエはオーニソプター（羽ばたき式飛行具）を使い、屋上から飛んで無事に着地した。**2**［映画「ヒコーキ野郎」］「素晴らしきヒコーキ野郎」。一九六五年のイギリス映画。**3**［アンリ・ルソー］フランスの画家（一八四四―一九一〇）。

4［エアロノート］航空学。**5**［キティーホーク］アメリカ陸軍の戦闘機の愛称。キティホーク。**6**［オーヴィル・ライト］ライト兄弟の弟。**7**［デイトン］アメリカ、オハイオ州の都市。**8**［ブルーマックス］一九六六年制作のイギリス映画。**9**［フォッカー］ドイツの飛行機メーカー。**10**［パルツ］ファルツ（Pfalz）。第一次大戦中のドイツの飛行機メーカー。**11**［モラヌ・ソルニエー］モラーヌ・ソルニエ。フランスの飛行機メーカー。**12**［瞞着］ごまかすこと。**13**［ピッチング］船や飛行機で縦に揺れること。**14**［BOAC］英国海外航空。ブリティッシュエアウェイズの前身。**15**［アウエルバハの窖］ゲーテ『ファウスト』に登場する酒場。**16**［荘子の胡蝶］荘子が夢で胡蝶となり、自分と蝶との区別を忘れた故事から、夢と現実の区別がつかない境地、あるいは人生の儚さのたとえ。**17**［ノーマン・メイラー］アメリカの小説家（一九二三―二〇〇七）。

空界へのいざない

1［テーベー］結核。**2**［ラタム］ユベール・ラタム（一八八三―一九一二）。フランスの飛行家。**3**［ブレリオ］ルイ・ブレリオ（一八七二―一九三六）。フランスの飛行機製作者、飛行家。**4**［デラグランジュ］レオン・デラグランジェのことか。**5**［アンリ・ファルマン］（一八七四―一九五八）。フランスの飛行におけるパイオニアの一人。**6**［ストリンドベルヒ］ヨハン・アウグスト・ストリンドベリ（一八四九―一九一二）。スウェーデンの作家。**7**［ダヌンチオ］ガブリエーレ・ダンヌンツィオ（一八六三―一九三八）。イタリアの詩人。**8**［滋野清武］飛行家（一八八二―一九二四）。**9**［ラスキン］ジョン・ラスキン（一八一九―一九〇〇）。イギリスの芸術批評家。**10**［ツルゲーネフ］イワン・ツルゲーネフ（一八一八―一八八三）。ロシアの小説家。**11**［テニソン］アルフレッド・テニソン（一八〇九―一八九二）。イギリスの桂冠詩人。

飛行機の黄昏 1

1［エスノート・ペルテリ］フランスの飛行機設計者、エスノー＝ペルトリ（一八八一―一九五七）の設計した飛行機。**2**［ドモアゼル］ブラジルの飛行家、アルベルト・サントス＝デュモン（一八七三―一九三二）制作の飛行機。

3［エトリッヒ］エトリッヒ・タウベ。第一次大戦の軍用機。4［ショーペンハウエル］アルトゥル・ショーペンハウワー（一七八八—一八六〇）。ドイツの哲学者。5［オニソプター］オーニソプター。鳥のように羽根を羽ばたかせる事によって飛ぶ飛行機。6［ボアザン］フランスの発明家、飛行家。兄ガブリエル（一八八〇—一九七三）、弟シャルル（一八八二—一九一二）。7［ゲーテ］ヨハン・ヴォルフガング・フォン・ゲーテ（一七四九—一八三二）。ドイツの作家。8［ワイマール］ドイツ中部、チューリンゲン地方の都市。9［レオナード］レオナルド・ダ＝ヴィンチ（一四五二—一五一九）。イタリアの画家、建築家、彫刻家。

飛行機の黄昏 2

1［シャヌート］オクターヴ・シャヌート（一八三二—一九一〇）。アメリカの技術者。2［リリエンタール］オットー・リリエンタール（一八四八—九六）。ドイツの航空パイオニアの一人。3［奈良原三次］飛行者（一八七七—一九四四）。4［与謝野晶子］歌人（一八七八—一九四二）。5［リンドバーグ］チャールズ・リンドバーグ（一九〇二—七四）。アメリカの飛行家。一九二七年に大西洋単独無着陸飛行に成功した。6［シコルスキー］イーゴリ・シコールスキー（一八八九—一九七二）。ロシアの飛行機開発者。7［ジュウコフスキー］ニコライ・ジュコーフスキー（一八四七—一九二一）。ロシアの物理学者。8［ロージャー・ベーコン］ロジャー・ベーコン（一二一四頃—一二九二以降）。イギリス中世の哲学者。

横寺日記

1［山本一清］天文学者（一八八九—一九五九）。2［牽牛］牽牛星。わし座のアルタイル。3［織女］織女星。こと座のヴェガ。4［相馬御風］文学者（一八八三—一九五〇）。5［ワーズワース］ウィリアム・ワーズワース（一七七〇—一八五〇）。イギリスの桂冠詩人。6［コウルリッヂ］サミュエル・テイラー・コールリッジ（一七七二—一八三四）。イギリスの詩人、批評家。7［シェレー］パーシー・ビッシュ・シェリー（一七九二—一八二二）。イギリスのロマン派詩人。8［ロセチ］ダンテ・ガブリエル・ロセッティ（一八二八—八二）。イギリスの画家。9［ヘロデ王］

紀元前三七―前四年のユダヤ王。**10**［浅慮］浅はかな考え。**11**［軌道論］天体の軌道を力学的に論じ、その運動状態を定める理論。**12**［ケフェウス五辺形］ケフェウス座は五角形の星座。**13**［モーパッサン］ギ・ド・モーパッサン（一八五〇―九三）。フランスの小説家。**14**［北冠］冠座の別名。**15**［ヨブの柩］いるか座の恒星四つはひし形をしており、ヨブの柩と呼ばれる。**16**［プレィァデス星団］プレアデス星団。昴とも呼ばれる。**17**［ビァズリー］オーブリー・ビアズリー（一八七二―九八）。イギリスの挿絵画家。**18**［蜿々］うねうねと長く続いている様子。**19**［エランヴィタル］エラン・ヴィタール。生命の躍動の意味。フランスの哲学者、アンリ・ベルクソンの用語。**20**［アッシリヤ］アッシリア。**21**［ひじり］聖。僧侶。**22**［三伏］猛暑のこと。**23**［呂水］能楽「天鼓」に出てくる川の名前。**24**［フォルマルハウト］フォーマルハウト。みなみのうお座α星。中国名は北落師門。**25**［アルデバラン］おうし座のα星。**26**［カペラ］ぎょしゃ座のα星。**27**［ヒデァス］ヒアデス星団。アルデバランの周辺に散在する星団。**28**［エリダナス河］エリダヌス座。オリオン座の南西、南北に伸びた星座。**29**［マゼラン雲］南半球の空に現れる不規則銀河。**30**［アケルナル］エリダヌス座のα星。**31**［カノープス］りゅうこつ座のα星。**32**［ヴィナス］ヴィーナス。ローマ神話の女神。**33**［アフロディト］アフロディテ。ギリシャ神話の美と豊穣の女神。**34**［雁来紅］葉鶏頭（ヒユ科の一年草）のこと。**35**［陶冶］持って生まれた性格を成長、円熟させること。**36**［ハインリッヒカイト］heimlichkeit。ドイツ語で秘密のこと。**37**［みつぼし］オリオン座の中央に直列する三つの恒星。**38**［敬虔派］キリスト教のプロテスタントの一派。メソジスト派ともいう。**39**［主智主義］主知主義。知性的、合理的、理論的なものを重んじる立場。**40**［シャッポ］帽子。**41**［辻潤］翻訳家、思想家（一八八四―一九四四）。**42**［レグレス］しし座のα星。**43**［天狼星］おおいぬ座のα星シリウスの中国名。**44**［Gioachino di Fiore］Joachim de Floris ヨアキム・デ＝フローリス。キリスト教の神秘主義的説教家のことか。

きらきら草紙

1［衣巻省三］詩人、小説家（一九〇〇―七八）。**2**［カ

リガリ博士」ロベルト・ヴィーネ監督による一九一九年制作のドイツ映画。3「露台」バルコニー。4「グリークラブ」男声合唱クラブ。5「紅殻塗」紅殻は酸化鉄を成分とした赤い顔料。6「シュトラビンスキー」イーゴリ・ストラヴィンスキー(一八八二―一九七一)。ロシアの作曲家。7「花川戸助六」江戸時代の侠客。歌舞伎の演目「助六由縁江戸桜」の主人公。8「常磐木」杉のような常緑樹。9「ソルベージの歌」グリーク「ソルヴェイグの歌」か。10「ケビン」キャビン(船室)。

「黒」の哲学

1「ハッブル博士」エドウィン・ハッブル(一八八九―一九五三)。アメリカの天文学者。2「ピタゴラス」紀元前六世紀ごろに活躍したギリシャの哲学者、数学者、宗教家。

放熱器

1「カーティス式」カーティス・ライト社。アメリカの飛行機メーカー。2「オットー氏エンジン」ドイツの技術者N・A・オットー(一八三二―九一)が発明したエンジンの仕組み。オットーサイクル機関。

夢がしゃがんでいる

1「トアホテル」一九五〇年まで神戸にあったドイツ資本の高級ホテル。神戸トアロードの名はこのホテルに由来するといわれている。2「ピカビア」フランシス・ピカビア(一八七九―一九五三)。フランスの画家。3「閑却」打ち捨てておくこと。

稲垣足穂

いながき・たるほ（一九〇〇〜一九七七）
小説家

生まれ
明治三十三（一九〇〇）年十二月二十六日、大阪市北区久宝寺町（船場）に歯科医、稲垣忠蔵の次男として誕生。祖父も歯科医であった。

飛行機と活動写真
明石第一尋常小学校に通っていた頃から、飛行機に強い憧れを持つようになり、一時は飛行家を目指す。また同様に活動写真にも魅かれた。

一千一秒物語
大正十二（一九二三）年、『一千一秒物語』刊行。この頃、新聞社が主催する「代表的モダンボーイ五名」のうち、一人に選ばれる。

少年愛の美学
『少年愛の美学』（昭和四十三〔一九六八〕年刊行）を筆頭とする少年愛ものは一連の天体ものと並ぶ、足穂の代表的なモチーフ。飛行機への偏愛と少年愛はサドル好きなど、肉体的な感覚で結びついていたともいえる。

佐藤春夫
足穂の作品を最初に評価したのは佐藤春夫であった。大正十（一九二一）年、二〇歳の時に上京した時は佐藤の住まいの離れに寄宿、芥川龍之介、北原白秋などを知る。

東京暮らし
足穂は生涯のうち、結婚して京都に移るまでは何度か上京し、東京で生活した。佐藤春夫や衣巻省三など、友人宅に寄宿することも多かった。東京での生活はアルコールに耽溺した上、困窮を極めた。

京都
昭和二十五（一九五〇）年に篠原志代と結婚、京都市に移り住んだ。その後、宇治に転居。宇治が終の棲家となった。

浴衣
浴衣が好きで晩年はいつも浴衣で過ごしていた。しかし来客がある時はお気に入りの浴衣に着替えるなど、お洒落心は忘れなかった。本人いわく「女郎屋の親爺みたいな恰好」。

もっと稲垣足穂を知りたい人のためのブックガイド

「稲垣足穂コレクション」全八巻、稲垣足穂著、萩原幸子編、ちくま文庫、二〇〇五年
足穂との交流が深かった編者による全集。巻によってテーマ分けされている。文庫ながら充実した内容で足穂の魅力が網羅されている。

「一千一秒物語」稲垣足穂著、新潮文庫、一九六九年
表題は天体をモチーフにした散文集。大正十二年（一九二三）年刊行以来、まったく色褪せないイメージが詰まった永遠の名作。表題作の他「星を売る店」「弥勒」「A感覚とV感覚」なども収録されており、入門編として最適。

「タルホと多留保」稲垣足穂・稲垣志代著、沖積舎、二〇〇六年
足穂自身による作品解説「タルホ＝コスモロジー」と志代夫人による「夫稲垣足穂」を収録。書肆ユリイカの代表だった伊達得夫氏の紹介で足穂に出会った志代夫人の描く足穂は、愛すべき夫であり、尊敬する作家であったことが伝わってくる。

「稲垣足穂の世界」コロナ・ブックス編集部、平凡社、二〇〇七年
「ヒコーキ」「三角形」「チョコレット」など四二のキーワードから足穂の世界を解き明かす。種村季弘、浅川マキ、矢川澄子など、豪華な執筆陣によるファンブック。ビジュアルも楽しい。

「一千一秒物語」稲垣足穂文、たむらしげる画、復刊ドットコム、二〇一四年
絵本作家、たむらしげるが一千一秒物語の世界をビジュアル化した大人の絵本。透明感のあるイメージは文章とは異なる、もうひとつのタルホ・ワールドを作り上げている。

本書は、『稲垣足穂全集』（全十三巻、筑摩書房、二〇〇〇―〇一年）を底本としました。

表記は、新字新かなづかいに改め、読みにくいと思われる漢字にはふりがなをつけています。また、今日では不適切と思われる表現については、作品発表時の時代背景と作品価値などを考慮して、原文どおりとしました。

なお、文末に記した執筆年齢は満年齢です。

STANDARD BOOKS

稲垣足穂 飛行機の黄昏

発行日——2016年8月10日 初版第1刷
2022年10月1日 初版第3刷

著者——稲垣足穂

発行者——下中美都

発行所——株式会社平凡社
東京都千代田区神田神保町3-29 〒101-0051
電話（03）3230-6580［編集］
（03）3230-6573［営業］
振替 00180-0-29639

印刷・製本——シナノ書籍印刷株式会社

編集——野村麻里

編集協力——大西香織

装幀——重実生哉

ISBN978-4-582-53157-2
NDC分類番号914.6 B6変型判（17.6cm） 総ページ224
平凡社ホームページ https://www.heibonsha.co.jp/

STANDARD BOOKS　刊行に際して

STANDARD BOOKSは、百科事典の平凡社が提案する新しい随筆シリーズです。科学と文学、双方を横断する知性を持つ科学者・作家の珠玉の作品を集め、一作家を一冊で紹介します。

今の世の中に足りないもの、それは現代に渦巻く膨大な情報のただなかにあっても、確固とした基準となる上質な知ではないでしょうか。自分の頭で考えるための指標、すなわち「知のスタンダード」となる文章を提案する。そんな意味を込めて、このシリーズを「STANDARD BOOKS」と名づけました。

寺田寅彦に始まるSTANDARD BOOKSの特長は、「科学的視点」があることです。自然科学者が書いた随筆を読むと、頭が涼しくなります。科学と文学、科学と芸術を行き来しておもしろがる感性が、そこにあります。

現代は知識や技術のタコツボ化が進み、ひとびとは同じ嗜好の人としか話をしなくなっています。いわば、「言葉の通じる人」としか話せなくなっているのです。しかし、そのような硬直化した世界からは、新しいしなやかな知は生まれえません。

境界を越えてどこでも行き来するには、自由でやわらかい、風とおしのよい心と「教養」が必要です。その基盤となるもの、それが「知のスタンダード」です。手探りで進むよりも、地図を手にしたり、導き手がいたりすることで、私たちは確信をもって一歩を踏み出すことができます。規範や基準がない「なんでもあり」の世界は、一見自由なようでいて、じつはとても不自由なのです。

このSTANDARD BOOKSが、現代の想像力に風穴をあけ、自分の頭で考える力を取り戻す一助となればと願っています。

末永くご愛顧いただければ幸いです。

2015年12月

ロゴマークデザイン：重実生哉